对联写作入门

陈平 著

商务印书馆
The Commercial Press

图书在版编目(CIP)数据

对联写作入门 / 陈平著. —北京：商务印书馆，2021
（2023.12重印）
ISBN 978-7-100-19331-3

Ⅰ.①对… Ⅱ.①陈… Ⅲ.①对联—创作方法 Ⅳ.
①I207.6

中国版本图书馆 CIP 数据核字（2021）第 005470 号

权利保留，侵权必究。

对联写作入门
陈平 著

商 务 印 书 馆 出 版
（北京王府井大街36号 邮政编码100710）
商 务 印 书 馆 发 行
北 京 冠 中 印 刷 厂 印 刷
ISBN 978 - 7 - 100 - 19331 - 3

2021年4月第1版	开本 787×1092 1/32
2023年12月北京第7次印刷	印张 5 1/4

定价：26.00元

前 言

对联创作的书籍,明清以来,出版了许多许多。从"大砖头"到小册子,应有尽有!但就缺少一本通俗易懂的初级对联"入门"书。我自幼喜爱对联,四十多年前"文革"刚结束,我在全国最先"发明"写金字对联,掘了第一桶金。1984年办"个体户"做月饼,学"三星白兰地",为我的"芸香月饼"做广告,举办"芸香杯"中秋征联,一连十五届!规格之高、时间之长至今尚无人能够超越。2009年退出商场后,主持被时任中国楹联学会孟繁锦会长称为联坛"奥林匹克"的"客天下杯"楹联大奖赛,我是唯一参与从策划、收稿到初评、复评、终审全流程工作的组委会征联组负责人。我与对联打了半辈子交道,可以说是"半个"楹联工

作者了！不仅认识了当代多位联坛泰斗，也结交了不少海内外楹联家和基层的楹联爱好者、文化人。特别是在与这些楹联爱好者、文化人的交流过程中，深知他们的迫切心情——希望有一本能助其尽快"入门"的好书。

几年前，我编写过一本学习写对联的小书《楹联文化小识》，出版后很受欢迎。但是有一些读者说看不太懂，故应出版社之邀，进行修订，并出了第二版修订本。结果有部分读者说，里面有些内容还是很难看懂！

因此，我特将原《楹联文化小识》反复斟酌，仔细研究，参看了不少楹联家们关于对联创作的书籍，甚至还请了一些不懂对联创作的大、中、小学生，以及几位作家、学者、教授等"文化人"，进行"换位思考"，终于找到了一般读者看不懂我们这些"联家"著作的真正原因：并不是他们不喜欢对联和不想学习写对联，而是这些楹联爱好者（当然也包括这些层次不低的文化人）的楹联基础水平太"低"了！

这次应出版社之约，重新编写一本只要认识一两千个汉字的人,都能看得懂的《对联写作入门》。大家说,这本书他们能看得懂了!我终于松了口气。的确,写这种书太难了。

请读者们注意:这本小书,仅是写给对联爱好者学习对联创作的"入门"书。所以,我把较难看懂的,要具备一定对联写作基础后才能看得懂的,以及进一步提高对联写作水平需要具备的知识,都没有编写进去。希望我的这本小册子,对联爱好者都能看得懂,能帮助他们轻松"入门"。另外,也希望大家都来珍惜、弘扬老祖宗给我们留下的这个珍贵的"传家宝"。

目录

一、对联的形成与衍变 ································· 1
 （一）对联的起源 ······························· 1
 （二）对联的产生 ······························· 3
 （三）对联的衍变 ······························ 11
 （四）对联的发展 ······························ 15

二、对联的主要分类与术语 ························· 17
 （一）常用对联分类 ··························· 17
 （二）对联的主要术语 ························ 19

三、对联的主要句式与格律 ························· 30
 （一）对联的主要句式 ························ 30
 （二）对联的格律 ······························ 33

四、对联创作门径 ················ 43
（一）蒙童入门 ················ 43
（二）练习对课 ················ 44
（三）练习缀句 ················ 52
（四）学仿联 ·················· 53
（五）学集句 ·················· 54
（六）创作练习 ················ 56

五、对联创作分类举要 ············ 61
（一）春联 ···················· 61
（二）地理名胜联 ·············· 78
（三）婚寿赠贺联 ·············· 87
（四）吊挽联 ·················· 95
（五）姓氏祠堂联 ·············· 99
（六）居室联 ·················· 103
（七）行业联 ·················· 107

六、对联与书法 ·················· 111
（一）春联的书写与张贴 ········ 111
（二）对联书写与镌刻、悬挂 ···· 113

七、致读者：功夫在"联"外 …………………… 121

参考书目 ……………………………………… 124
附录：佩文诗韵 ……………………………… 127

一、对联的形成与衍变

（一）对联的起源

对联，雅称楹联，是中华民族优秀传统文化中的一颗明珠。2006年，国务院把"楹联习俗"列为第一批国家级非物质文化遗产名录。它根植在民族的沃土中，寓寄于深厚的社会基础上，以雅俗共赏的文体，深受国人喜爱。它虽然历经沧桑，却以自身顽强的生命力长盛不衰，在所有文体中使用频率最高，应用范围最广。对联是由诗词、曲赋等韵文衍生出来的精华，以凝练的语言、最少的文字，表现人们丰富的社会生活和瑰丽的精神世界。对联在中国历史上的长盛不衰，是世界上其他文化无法相比的。

对联起源于何时？历代楹联研究家各持己见，

我们现在已知道的便有下面几种说法：

（1）门神"郁垒""神荼"是最早的春联。

（2）"民国四公子"之一张伯驹的《素月楼联话》称，惠山有唐张祜题壁联"小洞穿斜竹；重街夹细莎"，比后蜀孟昶的对联"新年纳余庆；嘉节号长春"早出百余年。

（3）余德泉的《对联通》认为，对联产生于唐代。证据是方东在《霞浦县志》和《福鼎县志》发现的三副对联：唐乾符间（874—879）进士林嵩题于其所读的礼岙草堂一联，咸通间（860—873）陈蓬题于礼岙草堂两联。

白启寰发现《江州义门陈氏族谱》中载有唐僖宗赐给江州义门陈氏的"九重天上旌书贵；千古人间义字香"，为最早的对联。

（4）敦煌研究院谭婵雪女史《我国最早的楹联》一文，推论对联起于晚唐，斯坦因劫经文物中有"三阳始布；四序重开……"。

（5）清代大联家梁章钜引纪晓岚的话说，五代后蜀主孟昶的"新年纳余庆；嘉节号长春"是最古老的春联。

对联的起源不是本书讨论的问题，还是留给楹联学者和史学家们去研究吧！但楹联是老祖宗留给咱们的一个"传家宝"，大家肯定不会有异议的。

（二）对联的产生

我们祖国有五千多年的文明史。早在春秋战国时期，文人在写诗作文时，就已经常常采用对偶的句子了，例如《诗经·小雅·采薇》：

> 昔我往矣，杨柳依依；
> 今我来思，雨雪霏霏。

汉代，文人们更加广泛地用"对偶"来作文写赋。当年，以三曹（曹操、曹丕、曹植）、七子（孔融、陈琳、王粲、徐干、阮瑀、应玚、刘桢）为中心的"建安诗歌"，继承了汉乐府民歌的传统，《古诗十九首》则是乐府古诗文人化的显著标志。如曹植《洛神赋》中的句子：

荣曜秋菊，华茂春松。

又如古诗十九首中的《西北有高楼》：

清商随风发，中曲正徘徊。
一弹再三叹，慷慨有余哀。

唐朝是诗歌创作的顶峰时期，文人们开始将诗歌对偶的句子用作"对联"。史书记载，那时便有文人将对偶句用作春联，或写成条幅，挂在客厅或书房里，用于装饰。

《霞浦县志》等记载，唐乾符时进士林嵩于其读书的礼岙草堂题有一联，咸通陈蓬于礼岙草堂题有两联：

大丈夫不食唾余，时把海涛清肺腑；
士君子岂依篱下，敢将台阁占山巅。

竹篱疏见浦；
茅屋漏通星。

>石头磊落高低结；
>
>竹户玲珑左右开。

白启寰发现唐僖宗赐给江州义门陈氏的一副对联：

>九重天上旌书贵；
>
>千古人间义字香。

张伯驹《素月楼联语》考证，惠山有唐代诗人张祜题壁联：

>小洞穿斜竹；
>
>重阶夹细莎。

我们知道，唐代律诗强调第三、四句和第五、六句必须对仗工整、韵律和谐。也就是说，这四句诗如果单独使用的话，就是两副对联。如唐王勃五言律诗《送杜少府之任蜀州》中的两句便是一副对仗工整、韵律和谐的对联：

海内存知己，
天涯若比邻。

又如李商隐《锦瑟》诗：

锦瑟无端五十弦，一弦一柱思华年。
庄生晓梦迷蝴蝶，望帝春心托杜鹃。
沧海月明珠有泪，蓝田日暖玉生烟。
此情可待成追忆，只是当时已惘然。

把下面这四句挑出来，便可作为两副平仄协调、对仗工整、韵律和谐的对联：

第三、四句：

庄生晓梦迷蝴蝶，
望帝春心托杜鹃。

第五、六句：

沧海月明珠有泪，
蓝田日暖玉生烟。

五代和宋元时期，词、曲的产生，突破了五言和七言的句式。文人墨客们又把这些长短句，按对偶的要求，"联"了起来。如：

度一曲新蝉，柳花飏白；
数双飞蝴蝶，梅蕊应红。

这上联出自吴文英的《齐天乐》和周密的《扫花游》，下联则出自朱敦儒的《好事近》和晏几道的《采桑子》。

又如：

万里江天，湿云粘雁影；
一帘风絮，丝雨织莺梭。

上联出自陆游的《汉宫春》和陆睿的《瑞鹤仙》，下联出自周邦彦的《瑞龙吟》和周密的《南楼令》。

再如：

五湖春水如天，正玉涨松波，花穿兰舫；
两岸秋山似画，是红酣落照，翠霭余凉。

上联出自贺铸的《临江仙》和吴文英的《木兰花慢》，下联出自葛长庚的《贺新郎》和韩淲的《绕池游慢》。

明代，杨慎所编的《谢华启秀》，据考证，就是中国第一部专门的集句联书。所以说，对联的发展，是从韵文开始的。对联集《诗经》、《楚辞》、汉赋、乐府、骈文、律诗、宋词、元曲之精华，是"诗中之诗"。宋词和元曲的口语化，对楹联这一文体影响最大，近代国学大师梁启超，就是一位集宋词成对联的大家。

这些集句联，是当时文人墨客们玩的文字游戏。正是这些文字游戏，促成了对联的发展。我猜测（没有考证），既然文人们会题写这些对仗句当作对联使用，那么，他们更会把这些美丽的，尤其是自己喜欢的对仗句子，题写在厅堂柱子上，或写成条幅装裱悬挂于厅堂或书房里。楹联家们普遍认为，对联就是由这些优美的对偶句子衍生出来的。

对联自一千多年前问世至今，经明代由"桃符"衍变为"春联"正式登场，在明太祖、康熙、乾隆等几代朝野的大力推广下，一代代文化人乐此不疲，创作不辍。

明太祖朱元璋，人称"对联天子"。《永乐大典》主修解缙，明成祖时任文渊阁大学士，据说八岁便能对对子，他写的这副对联：

> 墙上芦苇，头重脚轻根底浅；
> 山间竹笋，嘴尖皮厚腹中空。

讽刺徒有虚名、腹中没有才学的人，至今广为传颂。

到了清代，对联得到了"质"的提升，借以中国的文字，运用典故，隐含诗意的美学阐释。尤其是对于平仄、对仗，有了更加严格的要求，楹联成为"大国之势"，成为世界文学中独一无二的文学体裁。国学大师饶宗颐指出，对联是"简化的诗"，"是诗的精华和缩影"。

清朝是对联的鼎盛时期，康熙、乾隆两帝特

别喜爱对联，还喜欢自撰自书，北京故宫便留下他们几百副对联。高官名流，如袁枚、纪晓岚、梁章钜父子、林则徐、曾国藩、左宗棠、伊秉绶、邓石如、郑板桥、曹雪芹、宋湘、康有为、黄遵宪等，都有名联传世。布衣才子孙髯翁题撰的昆明大观楼长联，名扬天下。钟云舫被后人誉为"长联圣手"。

清末、民国至今，对联也是文人高官、平民百姓最喜欢的一种文体。这一时期的楹联家和唐宋时期的诗人词人一样，多如天上的星星，就连农村私塾先生，都会写对联。孙中山、于右任、蔡元培、梁启超、方地山、陈寅恪、饶宗颐等名流大家都十分喜爱对联，且有佳作传世。

另外，古代的联家大都是书法家，创作的对联大都是自己书写，如明朝的唐伯虎，清代安徽的邓石如、嘉应州的宋湘和福建宁化的伊秉绶，不但留下许多名联，还留下不少的联墨书法。当代许多著名楹联家也是书法家，其中著名的有郭沫若、王力、赵朴初、启功、沈鹏等。中国楹联学会的创始人马萧萧、常江、谷向阳、白化文、余德泉等也是大家耳熟能详的著名联家和书法家。

（三）对联的衍变

1. 从门神到桃符

"贴门神"是我国的民俗。这种习俗，据说在很早前便有了。《山海经》载，远古时代，沧海之中，有一座度朔山，山上有棵大桃木，树枝展开有三千里。东北有个鬼门，供万鬼出入。桃树下住着两个神人，一个叫神荼，一个叫郁垒，管理着山上这些鬼。还传说桃木可避邪驱鬼，祈祝平安。所以我们的祖先，就把神荼和郁垒这两个神人的神像，刻在或画在两块桃木板上，称为门神，用来避邪。这两块桃木板，每年春节除夕夜一换，叫作"换桃符"。这两块桃木板，又叫桃门、桃板、仙木、春板。

唐朝时期，民间把这两块桃木中的神像，改为唐朝的两个开国大将秦叔宝和胡敬德。从此，这两个门神又叫秦军和胡帅。

画难，刻更难，还要年年更换新的。因此，唐朝以前，人们干脆就在右边桃木板上写"郁垒"，左边写"神荼"，又快又省事，还省钱呢！楹联家们考证，这两块桃木板：名词对名词，右边"垒"字读仄声，左边"荼"字读平声，和后来对联的读法、写法一模一样。进而认为这两块桃木板上写的"郁垒"和"神荼"，很可能就是我们祖先最早的"春联"了。北宋初年，王安石写了一首著名的《元日》诗：

爆竹声中一岁除，春风送暖入屠苏。
千门万户曈曈日，总把新桃换旧符。

从这首诗中我们可以看出，宋朝时，春节"换桃符"（即贴春联）已经很普遍了。

2. 从桃符到春联

唐代以前，人们还只在桃符板上写"神荼"和"郁垒"两神的名字，春节时家家户户都要换桃符。唐末、五代，特别在宋朝，文人们不单在这两块桃木板上写"神荼"和"郁垒"了，已在这两块桃木板上或门两侧题写应时吉利的对仗句子，叫"题桃符"。《宋史·西蜀孟氏世家》记载，后蜀皇帝孟昶在除夕那天，命学士辛寅逊为他题桃符。辛寅逊写完，孟昶认为他写的词不好，对仗不工整，便亲自写了一副：

新年纳余庆；
嘉节号长春。

后来很多楹联家们认为，这是我国第一副春联。宋朝时不叫"春联"，而是叫"桃符"，写春联叫"题桃符"。那么桃符又是什么时候才叫作"春联"呢？确切的是在明朝。

清朝初年，陈云瞻在《簪云楼杂记》一书中记载，明太祖朱元璋，国都定在金陵（今南京），那年除夕前忽然传圣旨：京城所有人家，必须用红纸写一副"春联"贴在门上。过了几天，太祖朱元璋还亲自换了老百姓的衣服出去暗访，看到全城家家户户都用红纸贴了"春联"，十分高兴。偶尔见到一家没有贴，一问才知道是个阉鸡劁猪的人家，自己不会写，还未请人写。太祖立即为其撰写了一副："双手劈开生死路；一刀割断是非根"。第二天太祖又便衣出宫查访,特地从这里经过,不见这家人贴出他写的春联,便问原因,那家人说:"那是皇帝写的,已把它高高挂在厅堂正中,烧香供奉。"太祖大喜,赏给三十两银子,让他改行做另外的生意。从此,"桃符"正式被叫作"春联","题桃符"也被叫作"写春联"了。

这就是门神变为"桃符",又变成"春联"的过程。

3."楹联"的由来

对联为什么又叫楹联?楹,即木柱子。我国的传统建筑,从古至今,无论皇宫衙门,还是民居厅堂,都有很多木柱子。人们喜欢把"对联"贴在或刻在这些柱子上。这些柱子上贴的、刻的楹联,最先称为"对子",又叫作对联。"对联"这个称呼,一直叫到清朝雍正时期。大约在乾隆皇帝时,文人们认为,既然这木柱子叫"楹柱",我们也应该把"对联"改称为"楹联"才对。俗话说:"三人证,龟成鳖。"没有皇帝的圣旨,只要大家承认,就"约定俗成"啦!还真把"对联"改称为"楹联"

了。同时还把写好了、没有张贴或镌刻的，以及印刷成书的、赠送给他人的，甚至把寺庵、名胜风景等处的对联，统统归到"楹联"名下。楹联，还称为楹语、楹句、楹帖、帖子等。

（四）对联的发展

春联（桃符）起源于唐末五代，到宋朝已相当普及。明太祖以及清康熙、乾隆几个时期朝野上下的推崇，对楹联的发展和普及起到巨大的推动作用。清朝是对联发展的鼎盛时期，对联已从皇宫和官府衙门、文人墨客的书斋、风景名胜的亭台楼阁，普及到农家茅舍和三教九流的招牌门面。对联的种类也从庆婚、祝寿，发展到赠贺、哀挽等。内容争奇斗艳，句式、种类更是长短各异。

联书的出版，也为对联的普及和繁荣推波助澜。明朝四川人杨慎编纂了我国第一部集句联书《谢华启秀》，接着他又编纂了《群书丽句》。从此以后，专门的联书如雨后春笋般地出版，如余三锋编写的《金声巧联》等。清代，尤其是福建梁章钜、梁恭辰父子，他们编写的《楹联丛话》《续话》《三话》《四话》《巧对录》《巧对续录》等许多联书，对楹联的发展与繁荣贡献最大。他们总结了前人的经验，开创了联话体例，最先确立了楹联分类原则。

对联自清代以来，已从文人墨客的书斋普及到农家茅舍，虽在"文革"期间遭受重大挫折，但在改革开放后又获得重生。特别是近年来，国家顶层已意识到，实现民族复兴的"中国梦"，必须坚定民族文化自信。我们有理由相信，古典诗词、楹联这些民族文化瑰宝必将又一次迎来新的发展机遇。

二、对联的主要分类与术语

（一）常用对联分类

古今联书对于对联的分类没有统一的标准，各家研究整理方法不同，分类各异。下面只将主要的常用对联，分类介绍一下，以方便大家学习。

【节日联】节日或纪念日专用的对联。如春联，每年除夕家家户户都张贴，是使用范围最广泛的对联。古代，春联被称为春帖子、春帖、春书、年字、元旦联等。节日联与庆祝的节日内容有关，比如还有庆元宵、中秋、国庆等节日的对联。

【地理名胜联】专为名胜风景撰写的对联，又称胜迹联。广义来说，名胜联包含名胜古迹、园林、亭台楼阁等风景名胜对联。还有专为寺庙撰写的宗教联（这些寺庙大都在名山之中），也归入这一类,但只限于题写在寺庙、庵堂等反映佛寺、道院两教文化的对联。

【**婚寿赠贺联**】也称喜庆赠贺联。用于庆婚、祝寿、庆生育、贺开张、祝迁移等喜庆的对联,统称为喜联。

【**吊挽联**】也称哀挽联。用于吊亡、祭祀、追悼缅怀等纪念活动。分为自挽和他挽两种,如不写明"自挽",则为他挽。挽联联语,还称挽词。

【**姓氏祠堂联**】专门为姓氏宗族祠堂撰写的对联。祠堂楹联是中国楹联文化中最为珍贵的部分。祠堂楹联是在中华民族忠孝仁义礼智信、修身齐家治国平天下这一儒家文化思想浸润下产生的,不仅具有深厚的文化底蕴和思想内涵,还具有较高的文学艺术修养。这些对联,可以说不仅是一部优秀的"家训",还是中华民族先贤垂裕后昆的特种教科书。祠堂楹联包括门联、堂联、龛联、栋对、檐联、灯对等。

【**居室联**】为居室住所内外撰写的对联。包括士、农、工、商、渔家的民居等所有居室内外的楹联,可张贴于大门、小门、重门以及厅堂、厢房、书房等处。古代这类对联也称为庭宇联。

【行业联】各种行业专用的对联,又称为百业联。包括工商企业、文化教育等各种行业专用的对联。

(二)对联的主要术语

对联术语,即对联的专门用语。

【全联】对联是以副计量的。全联是一副完整的、有上下联的对联。

【上联】古人称先为上,所以先书写的部分叫上联,上联以仄声字结尾。上联又称为上支、上比、对公、对头,还称为出句。

【下联】古人称后为下,故后面的部分称为下联。下联以平声字结尾,又称为下支、下比、对母、对尾,还称为对句。

【半联】只有上联或只有下联的半副对联。

【套联】由两副以上对联组成的,而且内容相关,用在同一地方的一套对联。

【支】水源分流叫支流。对联分为两支,上联称上支，下联称下支。

【比】对联上、下联并列。单称上联叫上比，单称下联则叫下比。

【言】即字。如诗的"言"，以每一句的字数计算。如五言绝句或五言律诗，七言绝句或七言律诗。没有分句的短联则以半联的字数计算称，如半联四字的称为四言联，半联七字的称为七言联。但长联一般称字，不称言，如昆明大观楼长联，全联一百八十字，称为一百八十字长联，而不能称半联九十言联。

【匾】即匾额，题写作为标记或表示赞扬文字的长方形横牌。

【横额】长条形的横幅书法或画。有一种带轴的也可叫横披，其轴在左右两端。悬于门屏之上或墙上的横牌匾，也称匾额或横额。同对联相配的横幅也称横批，也可不贴，但其内容大致要与对联相关。

【正对】指上下联内容相似或相关的对仗现象。多数对联取正对法构成。如郭沫若所题的成都桂湖这副对联：

桂蕊飘香,美哉乐土;
湖光增色,换了人间。

【反对】指上下联内容相反的对仗现象。古人认为:"反对为优,正对为劣。"这一法则在对联中一般也适用,但要具体分析,不宜过分强调,更不宜绝对化。如清代钟云舫的这副春联:

大大方方做事;
简简单单过年。

【句中自对】在上下联中分别自行对仗,又在全联中相互两两对仗的手法。上下联自成对偶,也叫"当句对"。如春联:

风调雨顺;
国泰民安。

上联"风调"对"雨顺",下联"国泰"对"民安"。上下联又两两相对。又如岳阳楼联:

水天一色；

风月无边。

上联"水"对"天"，下联"风"对"月"。上下联"水天"对"风月"，"一色"对"无边"，两两相对。再如临海寺联：

是诗境佛境；

有钟声潮声。

上联"诗境"对"佛境"，下联"钟声"对"潮声"。上下联又两两相对。

特别是孙髯翁的大观楼长联后面的句子：

……趁蟹屿螺洲，梳裹就风鬟雾鬓；更萍天苇地，点缀些翠羽丹霞。莫辜负四围香稻，万顷晴沙，九夏芙蓉，三春杨柳；

……尽珠帘画栋，卷不及暮雨朝云；便断碣残碑，都付与苍烟落照。只赢得几杵疏钟，半江渔火，两行秋雁，一枕清霜。

上下联的第一组有四个重叠句,三组句中自对;下联又与上联遥遥相对。难怪这副长联能名扬四海,流芳千古!

【**借对**】对仗的一种方式。一个词有甲、乙两个意义,或同音者有甲、乙两个字,对联中的甲字,借用乙字与另一词相对仗。分借义和借音两种。

1.借用其义的手法写对联,叫"借义对"。如:

南通州,北通州,南北通州通南北;
东当铺,西当铺,东西当铺当东西。

上下联结尾二字"南北"和"东西"均为借义。

2.借用同音字的手法写对联,叫"借音对"。如兰州河神庙联:

曾经<u>沧</u>海千层浪;
又上<u>黄</u>河一道桥。

上联借"沧"为"苍"的同音字(颜色,字同音),

与"黄"相对("苍"与"黄"同为颜色词)。

3.借对的手法,无论借义还是借音,借上联的词、字,以应对下联的,叫"借上"。如:

<u>沧</u>海月明珠有泪;
<u>蓝</u>田日暖玉生烟。

这里是借上联的"沧"为"苍"的同音字(颜色,字同音),应对下联的"蓝"(颜色)。

4.与"借上"相反,借下联的词语以应对上联的,叫"借下"。如:

<u>灯</u>明<u>月</u>明,照得<u>大明</u>一统;
<u>君</u>乐臣乐,求彼<u>永乐</u>万年。

这里借下联"永乐",即借明朝"永乐"年号,表达"永远安乐"之意。

【工对】对仗严格工整的对联。凡同类词(包括名词小类)对仗,专用词(人名、地名、书名等)对仗,联绵字(叠字、双声、叠韵)对仗,反

义词对仗及多数字对仗,都是工对。如明代解缙的这副讽刺名联:

墙上芦苇,头重脚轻根底浅;
山间竹笋,嘴尖皮厚腹中空。

"墙"对"山","芦苇"对"竹笋","头"对"嘴","脚"对"皮","根"对"腹",是名词对名词;"重"对"尖","轻"对"厚","浅"对"空",为形容词对形容词;"上"对"间","底"对"中",为方位词对方位词。无论是按古人要求还是按现代汉语的要求,不但对上了,而且对得很好。

这副对联上下联都是主谓结构,而且上下联的主语部分都是偏正结构,上下联的谓语部分,都是联合结构。这一联的词语结构相应,词类相同,是一副地地道道的工对对联。

【宽对】与工对相对而言,是在对仗上放宽了要求,而保持对仗基本特点的对联。主要表现:在语法结构上,主要句子成分应对仗;在节奏上,粗分应对仗；在词语上，打破名词各小类相对的界限。在实际运用中，为达到特殊的对联意境，保持内容的相对统一，在词性对仗方面放宽，可以形容词对动词、副词对助词。这种对联，叫"宽对"。

【无情对】依靠巧妙构思，使得字面对仗工稳，而意义毫无相关的对联。但对联的内容上越不相干，越是上佳作品。例如下面这副著名的"无情对"，是清代广东"怪联高手"何淡如写的，常被后人引用：

公门桃李争荣日；
法国荷兰比利时。

这副无情对中，"公"对"法"，"门"对"国"，"桃李"对"荷兰"，"争荣"对"比利"，"日"对"时"，都是极工整的对仗；再看全联，则上下联的意义毫不相干。

晚清四大名臣也是撰联高手，其中张之洞也写过一副著名的无情对：

木已半枯休纵斧；

果然一点不相干。

而他的名字，也被人写成一副著名的无情对：

张之洞；

陶然亭。

上联的"张之洞"是人名，而下联"陶然亭"是北京的地名，上下联毫不相干。

还有一副民国时著名的无情对，说来也是饶有趣味。上海滩一个洋酒商人，想在上海打开洋酒市场，请广告商设计一个极其巧妙的办法：在当时全国发行量最大的《申报》，买了三天头版的一块版面，头两天故意在这个显著地方开"天窗"（报纸上出现一块空白，没有文字也没有图形）。要知道，报纸开"天窗"是个很大的事件，不但会引起读者注意，还会引起全社会轰动，果然，当时全国对此议论纷纷。

第三天，这里开"天窗"的地方，登出一条重金征集"五月黄梅天"的上联的广告,轰动全国,一时应征者如云。几天后,评出了对句"三星白兰地",获得重奖。原来是"三星牌"白兰地酒!这样,这"三星牌"白兰地酒家喻户晓,一举成名,不但畅销整个上海滩,全国也供不应求!看看这副著名的无情对:

三星白兰地;
五月黄梅天。

"三"对"五"(数字),"月"对"星"(天文),"黄"对"白"(颜色),上联"地"对下联"天";连起词来是"三星"对"五月","白兰"对"黄梅"(花卉)。全联平仄和谐,对仗工整,词性相同,但上下联内容毫不相干。这个著名的"无情对",令全国楹联界、文人墨客拍案叫绝!也就是这副无情对,把我"吸"进联坛,一发不可收拾,几乎到老!

对联的对仗,主要是吸收和借鉴了律诗的对仗形式,但它不受律诗中颔联和颈联对仗的约束,形成了自身特有的、多样的对仗方式。

【颔联】律诗中的第二联（即律诗的第三、第四句）。颔，即人的下巴。这一联紧接首联（第一、第二句）。颔联必须对仗，可供摘句或集句，其平仄规律可直接成为相应字数对联的基本格律。

【颈联】律诗中的第三联（即律诗中的第五、第六句）。颈，即颈项，脖子。这一联紧接颔联。颈联也必须对仗，可供摘句或集句，其平仄规律亦可直接成为相应字数对联的基本格律。

三、对联的主要句式与格律

（一）对联的主要句式

【腰眼】即联腰、句腰，又称联眼，是对联居中的字。联腰的平仄，必与联尾相反，即上联的联腰必为平声字，下联联腰必须仄声字。联腰在联律中起的作用不亚于联尾。联腰的位置：四言联联腰为第二字，五言联联腰为第三字，六言联联腰为第三字，七言联联腰为第四字。

【句脚】上下联中每一句子的结尾字叫句脚。它的平仄对联律影响最大，最基本的要求是相对。

【联尾】上下联的最末一字称联尾。上联联尾必用仄声字，下联联尾须对以平声字，不能改变。

【短联句式】对联的句式格律，与五言律诗、七言律诗的句式格律基本相同，所以，学写对联，首先必须把这两个句式背得烂熟。我们把七言联以下短联的平仄格式，用固定的形式表示如下：

【四言联型】 四言联的平仄格式有两种：

（1）平平仄仄，仄仄平平

　　风调雨顺；国泰民安

（2）仄平平仄，平仄仄平

　　志存千里；心醉六经

【五言联型】 五言联的平仄格式有两种：

（1）仄仄平平仄，平平仄仄平

　　洞里乾坤别；山中日月长

（2）平平平仄仄，仄仄仄平平

　　声驱千骑疾；气卷万山来

【六言联型】 六言联的平仄格式有两种：

（1）仄仄平平仄仄，平平仄仄平平

　　白马秋风塞上，杏花春雨江南

（2）平仄仄平平仄，仄平平仄仄平

这由前一种变化而来，但不多见，恕不举例。

【七言联型】 七言联的平仄格式有两种：

（1）平平仄仄平平仄，仄仄平平仄仄平

　　窗前绿树分禅榻；城外青山到酒杯

（2）仄仄平平平仄仄，平平仄仄仄平平

　仰笑宛离天尺五；凭临恰在水中央

【短联的变通】以上这些平仄格式，如果能字字句句对上，当然是很好的"工对"了。除了上下联末尾字必须严格遵守上仄下平以外，如果个别字句未能对上，当然还有变通的办法，就是通常说的：一、三、五不论，二、四、六分明（即对联中的第一、三、五字可以放宽，但第二、四、六字必须平仄相对）。

这里还特别提醒初学者：上下联的第二字，如果不影响意境，一定要平仄相对；上下联的联尾字，上联一定要仄声，下联一定要平声，词性也要求相同。这些是不能变通的。

【中联的句脚】长联的创作，和写文章及其他文艺创作一样，必须有丰富的生活基础、深厚的思想感情和坚实的艺术积累。要想写好长联，必须具备一定的短联及辞赋创作功底。本书只是"入门"小书，写作长联暂不讲解，只介绍一下三个分句以下的中、短联。中联的平仄，和短联大致一样，但应注意的是：上下联的每个分句最后一个字（即句脚），绝对不能"同声落脚"。什么叫"同声落脚"？注意后面对联"五个禁忌"中的讲述。

（1）两个分句的对联，上联末尾字应该是平、仄，下联是仄、平，不能变通。

（2）三个分句的对联，上下联句尾字，最好按"马蹄韵"的句式：上联句尾字是平、平、仄；下联句尾字应该是仄、仄、平。

但立意特好的对联，也可以变通为上联平、仄、仄，下联仄、平、平。也就是说，形式（格律）应该服从内容。

（二）对联的格律

1.六个要素

"诗律"是写诗的法则，就近体诗而言，大体上以调谐整首诗中的平仄为主要法则。"诗律"的法则是历代诗人在长期的实践中逐步完善，并加以规范的，其格律到唐代杜甫手中才达到完美的地步，并固定下来。清代以来，写格律诗主要依据清代的《佩文诗韵》,填词则依据清朝吴江人(今属江苏)戈载的《词林正韵》。

对联的格律是指在创作对联时必须遵循的基本格式和规律。短联格律主要参照律诗和骈文,取其排偶和谐的法则;长联格律则参照词、曲的格式,取其平仄交替对立的原则。创作出对称、和谐的对联,必须注意以下六个要素:

(1)字句相等:上下联的分句与字的数量要相等。

(2)词性相当:上下联相对应的词或词组的词性相对一致,只有词性相同或相近,才能对仗。

(3)结构相称:上下联在句法结构上互相照应,彼此对称。

(4)节奏相应:节奏是指上下联在音节上的停顿或间歇。联句通过有规律的停歇和韵律的变化,达到和谐的音乐美,这是对联格律中的声律要求。节奏相应,指上下联的节奏相同、相似或尽可能保持一致,包括声律和语意两个方面的节奏。

(5)平仄相谐:对联的音韵要和谐。对联和诗词一样,讲究音韵和谐。汉字的特点是音节分明,一字一音，对联中的平仄是以汉字读音高低、长短、升降特点为基础的。如乐谱中的音符，通过平仄交替和对立，做到高低配合、长短相间、升降适宜，和谐自然，这样的对联节奏明快、音律协调，读起来给人以抑扬顿挫的感觉。因此，平仄相谐是对联的声律要素。需要特别注意的是：对联声律，采用古四声。

（6）内容相关：内容相关是对联格律的基本要求，也可以说是对立统一规律在对仗上的具体表现。对联的特征是："既对又联"，"对"和"联"互为表里，表里紧密相连才是统一的整体。所谓"对联"就是上下联所表达的思想内容、语意语气相关、相扣、相联、相呼应。上下联之间有着合理的逻辑关系，或相近，或相反，或相关。无论正对、反对、串对，都应围绕一个特定的主题，不能上联说马，下联说牛，南辕北辙，风马牛不相及。

2. 五个禁忌

（1）忌合掌：所谓合掌，指上下联的意思完全

相同。如:

神州千古秀;
华夏万年春。

这副对联的"神州"对"华夏","千古"对"万年",上下联意思完全一样,便叫合掌。合掌是对联一大禁忌。

(2)忌同声收尾:无论短联还是长联,不管多少个分句,都要求上联末尾字为仄声,下联末尾字为平声,上仄下平。如:

门户集千祥;
农家幸福多。

上联的末尾字"祥"与下联的末尾字"多",同为平声,这就叫同声收尾,犯了对联大忌。

(3)忌同声落脚:上下联各有两个以上分句,每个分句最后一个字不能同声。如:

守边卫国，四海风云归眼底；
放哨执勤，九州春色在胸中。

这副对联上联第一分句末尾字"国"，第二分句末尾字"底"，都是仄声，而下联第一分句末尾字"勤"，第二分句末尾字"中"，都是平声，这就是同声落脚，就不妥当了。如果把它调整为：

放哨执勤，四海风云归眼底；
守边卫国，九州春色在胸中。

就是一副很好的对联。

（4）忌不规则的重复字：有规则的重字是对联创作中必要的修辞技法。但上下联无规则的重字则是诗、联写作的大忌。词、曲可以不避重字，但对联就一定要避免不规则的重字。如明朝末年，顾宪成为无锡东林书院题的这副对联：

风声雨声读书声，声声入耳；
国事家事天下事，事事关心。

这副对联,上联的"声"字,重复用了五次;下联也在上联相同的位置,用了五个"事"字,而且一平一仄。这就叫作有规则的重复用字,平仄又相谐。虽然这些都是常用字,但是作者修辞技法高妙,使这副对联成了流芳千古的名联。反观现今有些对联,出现了不规则的重复字。如:

鸟语<u>花</u>香,四海升平<u>花</u>似锦;
年丰<u>人</u>寿,九州欢乐<u>颂</u>春风。

上联第一分句第三字是"花",第二分句第五字是"花";下联第一分句第三字是"人",但下联第二分句第五个字却是"颂"。这样,便犯了不规则重复字的禁忌。这副对联意境、对仗、平仄等方面都还过得去,但却犯了对联不规则重复字的大忌。另外,这副对联,上联"九州"与下联的"四海"还有"合掌"之嫌。一联犯两忌,变成不合格的春联了。

(5)忌上强下弱:对仗中词语的分量,上下联应在气势中相互匹配,旗鼓相当,不能出现上强下

弱的现象。"上强下弱"就是"虎头蛇尾",这也是对联创作中的一忌。例如:

> 听铁马声声,关山入梦;
> 见银钩笔笔,书画萦心。

这副对联上联大气澎湃,但下联却有点纤弱无力,这便是上强下弱的表现。对联上强下弱,虽为一忌,但很少有人注意,所以这里特别提醒。

3.调平仄

【平仄】平仄是汉语声调的特点。我们通常把高低长短的声调,分为平声和仄声两类。古汉语中平声为平调,上声、去声、入声均为仄调。现代汉语中阴平(即第一声)和阳平(即第二声)属于平声,上声(即第三声)和去声(即第四声)属于仄声。平仄声在一句或一联中构成相互交替的节奏,这就是声律。在诗、词、曲、联中,这种声调的组合关系就被称为平仄。

【声调】指一个音节所固有的高低升降,能

起到区别意义的作用。汉语一般是一个汉字一个音节,因此声调也称字调。古汉语的声调表现为四声。

【四声】古汉语四类声调(平声、上声、去声、入声)的统称。现在"四声"泛指声调(字调),也指普通话的四个调类(阴平声、阳平声、上声、去声)。

【平声】汉语"四声"之一,指声调平出而无低昂者。现代汉语北方话分为阴平、阳平两类。

【上声】汉语"四声"之一,指高呼猛烈音强者。

【去声】汉语"四声"之一,为降调,属于仄声。

【入声】古汉语"四声"之一,仄声发音短促而急,一发即收。古入声分化到了阴平、阳平和上声、去声四个声调中。

【声母】汉语一个音节开头的辅音。

【韵母】汉语一个音节中除声母、声调以外的部分,元音是构成韵母不可缺少的音素。

【谐声】协调文字的平仄,即按联律的规定将平声字和仄声字放在适当的位置上。这是对联的一个重要特点,是衡量对联工与不工的声韵标准。

【谐音】谐声。

【平】平声,是汉语"四声"之一。诗、词、曲、联格律中,表示应使用平声字的位置。

【仄】仄,是"不平"的意思。古汉语仄声包括上、去、入三声,现代汉语的上声和去声为仄声。诗、词、曲、联格律中,表示应使用仄声字的位置。

对联和格律诗、骈体文这两种文体有密切关系。学习写对联,要特别注意:

音律是以唐代的口语为基准的,用的是古代的四声——经过《佩文诗韵》等官方韵书固定下来的"平、上、去、入"的古四声。现代汉语普通话的"阴、阳、上、去"四声,与古代四声不大相同。所以,诗、词、骈文、曲赋、对联的平仄一律以古四声为准。

关于楹联平仄音韵问题,有人提出用现代汉语新四声替代传统的古四声,不过这是很难行得通的。诗联界多数人认为,应坚持以《佩文诗韵》

等韵书固定下来的平、上、去、入的古四声来调平仄。

调平仄的难点，在于对古四声中的入声字的辨识。现代汉语方言里，有些方言还保存着与近体诗诗韵读音差不多的入声，如吴方言、粤方言、客家方言等。因此，这些方言区的作者，在区分平仄声时，就比较容易。方言里没有入声的，辨别入声就困难多了。由于古今语音变化，调平仄时应特别注意以下两种情况：

（1）古代的入声字，在现代汉语普通话中归入阴平、阳平的，要特别注意，撰写对联在平仄上出问题，往往就出在这里。例如现代汉语里的阳平字"福""博"在《佩文诗韵》中均为入声字。

（2）古音属于平声的字，现代汉语普通话读仄声。例如"看"字，古四声是平声"十四寒"，已归入去声"十五翰"了。

在对联写作中，对读音有怀疑的字，尤其是拿不准用在上下联末尾字的平仄时，必须勤查《佩文诗韵》，以免出错。

四、对联创作门径

（一）蒙童入门

蒙童入门，是古代的私塾教学方法。蒙童入门自唐宋开始，明清两代盛行。那时，刚入学的少年儿童，先生怎么教他认识汉字呢？先生教孩子们先朗读、背诵押韵又可以对对子的书，如《三字经》《百家姓》《千字文》等。私塾先生带领孩童像唱歌一样，齐声朗读诸如"人之初，性本善……"这些朗朗上口的韵文。齐声朗读可激发孩子们的兴趣，能收到良好的教学效果。

在这里，我提醒家长们和老师们，绝对不要急于求成。儿童在八、九岁以前，还什么都不懂，就要他们背诵《笠翁对韵》《声律启蒙》等韵书，无异于"拔苗助长"！如果采用强迫、惩罚等手段，反而会伤害了孩子。这个时候最好先教他们读"人之初,性本善……",让孩子们在快乐中成长!孩子到了十岁以后,一边教他们背诵《笠翁对韵》《声律发蒙》等韵书,一边讲解音韵和对仗,会收到事半功倍的效果。有条件的话,《对类》《诗韵合璧》等韵书,也可以读读。

现在小学采用教育部统编的语文教材,教儿童先识字再学拼音,这就对了!先认识汉字,并不是反对学拼音,而是要让儿童先识汉字,再学拼音,我的意思是:儿童认识了一定数量的汉字后,教他学拼音,背诵韵书,效果就更明显了。初学写对联的识字成人,也要熟读这些韵书,学习押韵,打好作诗写对联的基础。

(二)练习对课

有了以上的基础,就要学习"对课"了。对课,也称"课对",即"对对子"。对对子是以前私塾的教学内容之一,也是一种很好的韵文教学方法。对对子能培养学生掌握声律音韵知识,提高应对能力。一般是由教师出上句（一、二、三言对起，以后逐渐用四、五言及多言），由学生来对下句，通过讲评，教授对对子（即对偶）的道理和基本方法。据说鲁迅少年读书时，先生出"独角兽"，鲁迅对"比目鱼"，颇受先生赞扬。

清光绪三年（1877），干支是丁丑年。著名抗日爱国诗人丘逢甲，当年十三岁，参加童试时，因交卷最早，引起主考官福建巡抚丁日昌的注意。丁日昌将其叫到身边，问过姓名及生年，当即出了个上句，叫他应对。出句是：

甲年逢甲子

因丘逢甲生于清同治三年（1864），干支为甲子年，所以家人给他起名"逢甲"。此年的丁日昌，已是年过五十"知天命"之人，问明丘逢甲生于干支甲子年，心想我这个快到"甲子"之人，今天与生于甲子年的孩子相逢，很是有趣，故出句嵌其名"逢甲"。丘逢甲对此心领神会，当即对曰：

丁岁遇丁公

"公"为尊称。"丁岁"又有"丁时"的含义,指适逢其时。"丁"也指男孩。对句意思很明确,我这个小男孩,童试得遇名臣"丁公",实属三生之幸!更因"丁公"之名"日昌",大有"日后昌隆"之寓意。今天"遇丁公",更有"遇恩公"之意。出句及对句虽仅五个字,出得别有情趣,对得自然巧妙!尤其是两"甲"对两"丁",重复而有别,饶有谐趣。丁日昌当即说:"无待阅卷,亦知汝可为生员(秀才)也。"果然,丘逢甲不负其望,二十五岁便中进士,后成为近代著名爱国诗人。

《笠翁对韵》《声律启蒙》是初学者最好的工具书。自学对对子,也可先练习人名对、地名对。历代章回小说的回目(如《水浒传》第一回回目:"张天师祈禳瘟疫;洪太尉误走妖魔"),虽说不完全是工整的对偶句,但大都很有参考价值。如果把小说中的诸多人物挑拣出来排列起来,便可练习"人名对",如:"董超对薛霸","时迁对宋万",

等等。

关于地名对,这里我给大家举个北京地名对的例子。清代,有个叫杏芬的才女子,发现北京很多胡同名字很有趣,地名也很有典故,如马市、牛街、磨盘大院、烟袋斜街(胡同名。北京人叫胡同,上海人叫弄堂,广东人叫街巷),便把它按词性分类,编成一本对偶工整的书,叫《京师地名对》。那时正是楹联的鼎盛时期,这本书成为人们写作对联的工具书,流传至今。下面精选其中的一小部分,供大家欣赏。

(1)天地寺庙类:

甘雨　对　朝阳

天喜庙　对　地安门

白云寺　对　绛雪斋

香露寺　对　正阳门

(2)地理宫室类:

水宝　对　沙滩

海淀　对　江亭

高丽馆　对　昆明湖

绵山寺　对　苏州街

香山寺　对　臭水河

台基厂　对　街道厅

王府井　对　祖家街

甜水井苦水井　对　大石桥小石桥

（3）性情人事类：

安福　对　吉祥

安乐　对　太平

同文馆　对　宣武门

广惠寺　对　同仁堂

性音塔　对　功德林

（4）身体类：

干面　对　臭皮

翅膀　对　心尖

养心殿　对　丫鬟山

（5）古迹类：

阮府　对　施家

牛排子　对　马状元

佑圣寺　对　先农坛

张相公庙　对　石驸马街

李皇亲夹道　对　王寡妇斜街

（6）禾稼蔬果草木类：

　　　　柴市　对　草桥

　　　　椿树　对　棉花

　　　　紫竹院　对　青梅居

　　　　竹林寺　对　菜市街

　　南柳巷北柳巷　对　东华门西华门

（7）鸟昆类：

　　　　马市　对　牛街

　　　　鲜鱼巷　对　老虎岗

　　　　鹦鹉石　对　凤凰门

　　　　龙泉寺　对　虎坊桥

（8）服饰用物类：

　　　　冰盏　对　烟筒

　　　　锣鼓巷　对　褡裢坡

（9）珍宝类：

　　　　玉带　对　铜钟

　　　　石虎　对　银狮

　　　　销金厂　对　积水潭

　　　　金山寺　对　玉河桥

磨盘大院　对　烟袋斜街

（10）饮食类：

烧酒　对　姜茶

米市　对　油房

擀面杖　对　大烟筒

白米寺　对　黄花门

豆腐巷　对　馒头村

小菜街　对　奶茶铺

三元井　对　万寿街

一得阁　对　三希堂

千斯坝　对　六必居

（11）方位类：

北海　对　西山

关东店　对　山西街

南泉寺　对　西苑门

长辛店　对　正乙祠

里馆外馆　对　前门后门

东荷苞巷西荷苞巷　对　南芦草园北芦草园

（12）颜色类：

红井　对　白门

黑寺　对　黄村

　　紫竹院　对　青梅居

　　白马寺　对　青龙桥

　前青厂后青厂　对　大红门小红门

（13）叠词类：

　　娘娘庙　对　回回营

　　王妈妈井　对　刘娘娘坟

练习地名对，还有个好办法，初学者可以找一幅地图，把你知道的当地和外地的地名，编在一起，练习地名对。

历代很多大学问家，都很推崇对联，如国学大师陈寅恪认为，对联是各种文学形式中字数最少，但却是最富中国文学特色的文体。对联不但可以考察学生读书之多少和语言之贫富，还可考核学生的思想条理，最容易测验学生对中文的理解。当年，陈寅恪在应邀代休假出国的朱自清，为1932年清华大学国文系入学考试出题时，其中有一题是"对对子"。他出的上联是：

孙行者

结果有一半以上的学生交了白卷。只有几个学生用"胡适之"或"祖冲之""王引之"等人名应对，得了高分。这副对联虽寥寥数语，却包含了词性、平仄、虚实的运用。这几个学生，后来都成为著名教授、学者，其中就有北大中文系著名教授周祖谟、中国科学院历史研究所张政烺等。

（三）练习缀句

有了对课（对对子）的基础后，第三步是学习"缀句"。缀句也是练习对联创作的一种很好的方法。缀，即联结之义。缀句，即将少的文字，逐渐联结、补缀成多字的联句。如：

一字联：水　对　山
缀成两字联：山色　对　水声
缀成三字联：山有色　对　水无声
缀成四字联：水声入耳　对　山色迎眸

缀成五字联：山深鸣好鸟　对　水浅泛轻鸥

缀成六字联：窗外青山远绕　对　岸边绿水长流

缀成七字联：苍松古树山家屋　对　红蓼疏花水国天

缀句一般只要求对仗，字面对偶工整，无须对立意过多苛求，是初学者学习对偶、练习写对联的一种好办法。

（四）学仿联

"仿"即模仿。大家都知道，学习书画艺术，一定要先"临"帖、"摹"画，这是任何一个大书法家、大画家初学时的必经之路。一个成功的书法家、画家，甚至可以临摹到乱真的地步。据说张大千临摹的八大山人画，几乎无人能识破。书法家要有临帖的功底，这一点，我深有体会。我喜欢书法画画，青少年时没有临帖的功底，所以难成大器。

但我画画，有较深厚的临摹功底，就比书法好。仿联，就和"临字""临画"一样，先模仿别人对联的模式、风格、句式，进而创作对联。

仿联可以与原联字数相等、句式相同、格调相似，还可以把原联的重点文字用在新联中。在学习仿联时，尽量寻求修辞与对偶、声律等在对联中的变化。另外，仿联也是一个"应急"的手法，往往在急用时，一时未能创作出满意的对联，仿联可以应急。熟能生巧，平时多看各类联书，急用时便有了仿联的资本。

（五）学集句

集句，是学写对联最重要的一个环节，也是创作对联的高级练习环节。集句，即改、摘、选前人的佳作名句。集诗词、曲赋、碑帖等名句，是创作优秀对联最简便的手段。集句成联，一般是将不同篇的诗、词佳句集为一副联。可以点明集什么朝代的诗、词，如集唐诗、宋诗、清诗、宋词，可以点明集某人的诗、词，也可不点明何时、何人的诗、词。所集诗、词可以是同一作者的,也可以是不同作者的;作者可以是同一时代的,也可以是不同时代的。古代集句联书很多,明代杨慎的《谢华启秀》和《群书丽句》是我国最早的两部集句联书;清代李载熙、胡凤舟的《楹联集锦》等,也是集句联书。国学大师梁启超就是一位集宋词联的高手。下面这副集句联,就是梁启超看到陈衡恪(清末大诗人陈三立的长子,陈寅恪长兄。能文能诗,工画,以画最著名)集宋词联后,集宋代姜白石词的第一副对联:

歌扇轻约飞花,高柳垂阴,春渐远汀洲自绿;
画桡不点明镜,芳莲坠粉,波心荡冷月无声。

梁启超在其《饮冰室诗话·苦痛中的小玩意儿》里说,他集宋词联,就是看了陈衡恪集宋词联作后,也喜欢上了这"小玩意儿"。他集录了两三百副脍炙人口的宋词联,成为集宋词联大家。当代的楹联家谷向阳等,出版有集唐诗、宋词、碑帖的专集。本人也喜欢集诗、词联,后面再给读者们举例讲解我的几副集句联。

（六）创作练习

对联创作，即撰写对联。上面说过，在熟悉了联律及对联的术语，熟读了如《笠翁对韵》《声律启蒙》之类的书籍以后，便可练习对课、缀句。有了对对子和缀句的基础后，便可以学习撰写对联了。撰写对联也和写文章一样，一定要注意下面的几个问题。

1. 准确切题

"切题"是任何文学艺术创作的关键。也就是说，你写的对联首先不能"驴唇不对马嘴"，文不对题，要"切"对题目。

例如，你若为一个名胜景点撰联，那么，就要熟悉这个景点的历史、周围环境、传说与故事，针对这些问题来发挥。再如，你为节日、活动、会议创作对联，那你就必须弄清写的是什么节日、什么活动、开什么会，主要内容是什么。如果是参加征联比赛，那你的作品首先要符合征联出题的要求。

对联的创作还有自身的特点，因为对联不单是一种文学作品，还是一种带载体的艺术品。例如写名胜景点联，你要知道这对联用在什么地方，是大门还是小门，柱子还是牌坊；还要注意是镌刻在柱子上还是木板上，是不是装裱的，需要多长的联语，等等。如果条件许可，最好亲自去现场了解一下。

2.立意高远

古人说："诗言志。"对联是由诗词曲赋衍生出来的"诗中之诗"，是"简化的诗"。和其他文艺作品一样，对联也是有"感情"的。要写出一副好对联，首先要有高远的立意。有了高远的立意，又有风流的文采，你的作品才能和读者产生共鸣，流芳百世。没有高远的立意，你的对联即使文采华丽，符合格律，平仄协调，那也只能算是附庸风雅之作，读起来索然无味，难以让人留下深刻印象。

3.构思创作

构思创作，对于初学者来说，有一条较为简单实用的办法，即根据所写内容的需要，在对联书、诗词曲赋中，寻找相关类别的现成的词语、句子作为参考，碰到合适的，可将其联语摘、集起来进行修改。摘句，是创作中的"修辞"和"造句"。这里有必要特别提醒的是，切勿抄袭！抄袭是作文者一种卑劣行为。诗词楹联中的集句，是大力提倡的，选中一两个分句，用在这对联中，注明出处。另外，还可以摘韵书里的对偶句子。找到这些素材后，便可以依据格律、禁忌和六条要素进行起草，这样肯定可以写出一副较好的对联来。千万要记住：熟能生巧，多写多练是硬道理。当然，平时如能博览群书，尤其是多读古典诗词和楹联书籍，满肚子都是"好料子"，创作时便能"胸有成竹"了！

有些对联，虽然个别字词不符合格律，平仄不够协调，对仗也欠"工"，但是句子的意境就是美，不"工"胜于"工"！这是很多楹联专家的共识。任何文学创作，形式必须服从内容，内容绝对不能拘泥于形式。对于对联来说,"形式"指的便是格律。在严格遵守格律的情况下,个别位置上实在找不到更好的字词来替代,如果硬套上"合律"的字词反而严重影响内容,这是万万使不得的。

这里并不是说写诗撰联不用遵守诗韵联律,而是说内容"美"的诗、联,比平仄格律工整但内容平庸的诗、联更好。大诗人李白的《黄鹤楼送孟浩然之广陵》,个别字的平仄就不合,但却能流传千古!为什么?因为这首诗的意境太好啦!修辞造句太美啦!

曹雪芹在《红楼梦》第四十八回,借黛玉之口论诗时说:"若是果有了奇句,连平仄虚实不对都使得的。"又说:"词句究竟还是末事,第一立意要紧。若意趣真了,连词句不用修饰,自是好的。这叫做'不以词害意'。"论的虽是律诗,也可用到对联上。

对联创作和其他文艺创作一样,必须有丰富的生活基础、深厚的思想情感和坚实的艺术积累。对联和古诗词关系密切,因为它以凝练的语言、最少的文字,表现充沛的情感和丰富的想象,表达人们深邃的精神世界和多彩的社会生活。要写出合"律"的对联容易,但要写出既合律而又有文采的对联,并不是一件很容易的事。

4. 反复修改

完成了初稿后,便要认真琢磨,对照对联创作的各项要求,反复修改。例如,我创作的梅州客天下"牡丹亭"对联,第一稿下联原来是:"千秋传佳话,死死生生,潇洒一枝月下梅"。我对第一分句总有些不满意。后来忽然想起《中国名联辞典》(山东大学出版社,1990年版)中有作家石凌鹤为汤显祖故居"玉茗堂"所撰的长联,立即查翻此书,发现其上联的最后一句"梨园传颂千秋笔"很好。反复思考后,将其改为"千秋传彩笔",用作我的下联第一分句。比起原来的"千秋传佳话","千秋传彩笔"无论意境,还是平仄对仗、词性结构,都要好得多。

五、对联创作分类举要

前面讲了学写对联的几个关键问题，了解了对联写作的一些规则，下面按照对联的分类，来学习写作对联。我们先从使用范围最广、大家最熟悉的春联开始学习。

（一）春联

大家都知道，贴春联是我国的民俗。前面已讲过，从唐朝开始，家家户户在大年夜前，都要把"旧符"换成"新桃"，后来逐渐演变为在除夕夜前贴上春联。这个习俗，一直流传至今。凡是中华民族的炎黄子孙，无论身处何地，也无论高官富商还是平民百姓，都会在吃年夜饭之前贴上新春联。

春联的作法,经过几百年的经验积累,已形成定式。从内涵上说,春联一定要写出开春的洋洋喜气,如意吉祥。既然是春联,首先要点明春节时令。展望将要到来的阳春丽景,或以瑞雪红梅的冬景为依托,加以发挥。国事、家事、天下喜庆大小事,上一年发生的,或预料本年度将要发生的喜庆事件,都可以写入新春联,显示出辞旧迎新、大展宏图的气象和喜气来。

春联文化既是一种传统民俗文化的形式,当代还将它作为一种宣传方式,历来受到各级党政宣传部门的重视。毛泽东主席就很重视春联,1944年3月22日在《关于陕甘宁边区的文化教育问题》中指出:"边区有35万户,每家都贴起新内容的春联,也会使边区面貌一新。……要搞新春联,新春联是群众的识字课本和政治课本。"

中华人民共和国成立以后,很多报刊都举办过公益性的春联征集活动,刊登一些"新春联",供大家选用。改革开放以后,很多企业把征集对联作为广告形式,冠上企业名的"某某杯"春联大奖赛,既为企业做了广告,又丰富了广大群众的文化生活，经济效益和社会效益都有了，这是一种好办法。这种公共性的春联，可分为"居家春联"和"生肖春联"两个大类。春联还有"行业春联"和个性化的"个人春联"之分。不管是哪一类春联，除写作内容有些区别之外，规则大致相同，归纳起来，不外以下九个方面：

第一，既然是"春联"，一定要有"春消息"。

第二，春节是阖家团圆的喜庆日子，要写得喜气洋洋。快乐、平安、健康、纳福、发财，写的都是吉祥话。

第三，如果这春联不是单为你家写的，就一定要有"公共性"。所谓"公共性"，就是这春联是为大家创作的，适用于任何人家。

第四，从艺术角度来讲，上下联必须是对偶句子。也就是说，上下联的语言结构应该相同或相似，要两两相对。

第五，在对联创作中，上下联用同义词或近义词作对，内行话叫"合掌"，是不允许的。例如：很多人写春联，习惯用"五洲"对"四海"，"兴伟业"对"展宏图"，就不行。现在市场上出售的印刷春联，往往也犯这个大忌。

第六，从音韵角度看，上下联必须平仄调和。尤其是上下联"腰眼"相对的两个字，最好是上联平对下联仄，或上联仄对下联平。对联的"腰眼"前面已说过，再重复一遍：四言联的第二字，五言、六言联的第三字，七言联的第四字。

还有一点不能变通，上下联两个尾字，一定要上联仄声，下联平声。

另外，如果做不到上下联相对的字都能平仄调和，可以适当放宽。例如格律诗和对联的平仄都有个不成文规矩：第一、三、五字可以不论，但第二、四、六字必须分明。这种对联叫"宽对"，但是"宽"，也要有尺度。前面讲的短联句式，最好能背得烂熟。

第七，前面已经讲过，格律诗和对联都用古四声。春联中最常用的字，有的古四声和现代汉语读音不同，切切注意！如"福"字，现代汉语是阳平，属平声；可是古音读入声，属仄声。"住宅"的"宅"字、"发财"的"发"字古代也是入声字。古今平仄不同的字还有很多，需要注意，创作时遇有疑问，应随时翻阅《辞源》《汉语大词典》等有注明古音的辞书。再不然，翻看《佩文诗韵》，也可查到你要用的字的平仄归属。

第八，创作春联，有个快捷的办法，可以在现成的吉利成语中，找到对偶的、词性相同或相对的成语来使用。另外，唐诗、宋词里面也有很多优美的描写春天的句子。集句不是抄袭，历代就有很多集句联大家。

第九，春联不但要写得喜气洋洋，更要写得通俗易懂，雅俗共赏。可适当用典，但万勿用生字僻典，要使人一看便知道你写的是什么。

另外，春联的载体一般是红纸，写黑字，粗放型的，写了贴在门两边就行啦。如果不是特殊需要，居家春联一般不会写九言以上的中联和长联。南方人大门都是用四言或五言的；小门、重门或城里的套房门，大部分都用七言的对联。除了姓氏祠堂的檐联会写长联外，一般不会写长联的。春联的书法和张贴，后面再专门讲。

1. 通用居家春联

（1）经典春联

所谓居家春联，就是贴在家门上的春联。我们先来看一看通用春联中的经典春联。

所谓经典春联，就是老祖宗留传下来的春联，对仗工整、平仄和谐，讲的都是吉祥话，而且永远都不会过时。这种春联，可以不分年份，不分贫富贵贱，大家都可使用。例如下面这两副春联：

花开富贵；
竹报平安。

天增岁月人增寿；
春满乾坤福满门。

以前，农村普通老百姓自己不会写对联，市场上也没有印刷品卖，农民就会自己买红纸，拿上一点礼品，请村里有点文化、字又写得好的人书写这些经典春联。在城市里，很久以前便有为人写对联的人。现在，无论城市农村，大家都图方便，购买印刷得五颜六色、金碧辉煌的现成的春联。这种春联，除了一些经典的春联外，大都不合联律，甚至什么内容都敢印来卖。所以，大家以后贴春联时，一定要知道你买的春联讲的是什么。要是创作这类通用居家春联，也不难学，只要遵守前面讲的九条规则就行了。

（2）通用春联

下面是2009年第一届"客天下杯"春联大奖赛的几副获奖作品，读者可以从中看出春联的写作技巧。

一等奖：

邀天下客；
赏岭南春。

二等奖（第1名）：

客都春暖；
人境风清。

这两副获奖春联,都属通用居家春联,从内容到音律、对仗、平仄,没有一点毛病。但是,当年评委们把这两副春联评为一、二等奖,是严重的失误(但评奖是公正的,没有存私和不公正的行为)!作者、评委都忽略了最重要的一点:通用春联要有公共性。

下面两副也是同年的获奖作品:

四字联二等奖(第2名):

梅红两岸;

春绿一江。

这副二等奖第2名的四字联,立意、平仄、对仗、音律与前面获一、二等奖的两副四字联都差不多,但这副春联的"公共性"很好,适用于任何地方和人家。

七字联一等奖:

万树红梅君子气;

千秋赤胆客家风。

这副获一等奖的七字春联，虽然写得很好，但只能在客家地区使用，还是缺乏公共性，评为一等奖也是不妥的。

这届大奖赛的征联启事在《人民日报》和《羊城晚报》上刊出，央视及新华社等全国各大主流媒体都发了新闻。奖金之高，规模、影响之大，前所未有。时任中国楹联学会会长孟繁锦称这次活动为联坛的"奥林匹克"。

当年的征联启事说得很明确：获大奖的春联，供全球华人使用。但以上获大奖的几副春联，只能在特定地区使用。一等奖的四字春联勉强用于岭南地区，甚至只能在"客天下"使用，其他地方张贴就不行了！二等奖第1名的四字春联，则是梅州"人境庐"私家宅子的春联。如按大奖赛的评选规则，这副对联至多只能给个优秀奖。尤其是当年参赛作品很多（收稿10万副以上），优秀作品不少，严格来说，连初选都难入围。

获奖公布后，便有人提出异议：作为春联，缺乏公共性，不能获大奖。评委们事后也认识到这个重大失误。在以后的历届征联评选活动中，终评时便由一位评委专门对这一项进行监督，避免再犯同样错误。

由此我们必须牢记，参加春联比赛是为大家创作的，不是为自己家写的，必须有公共性。

2. 通用生肖春联

（1）切合生肖年份

春联中还有一种通用的生肖春联，也是家家户户都可以使用的。这种春联，在联语中或明或暗嵌入了十二生肖的名称。春节是我们中国的农历年，生肖春联有猴年、马年、羊年等十二生肖之分。所以，创作、张贴时必须切合当年的生肖。今年是牛年，就不能贴马年的春联，不然，就"牛头不对马嘴"啦！例如下面这副生肖春联就只能在兔年时使用：

玉兔迎春到；
黄莺报喜来。

(2)注意生肖春联的用词

写作生肖春联,还应注意当年的生肖与对联的用词是否恰当。几年前的大年三十,一座豪华别墅小区大门上的一副春联,特别刺眼。因为当年是鸡年,第二天就是狗年了,但这副春联写的是:

金鸡争报晓;
玉犬喜迎春。

"金鸡"对"玉犬"对仗颇为工整,平仄也很协调。但是,上联"金鸡"后面的"争报晓"用得就不对了!这报的"晓"当然是明天拂晓,但当晚12时后就是"狗"年了,"鸡"都走了,怎么还在"争报晓"?用词完全错误。下联"玉犬喜迎春"是对的。但这副春联,"鸡"还在"争报晓","狗"又来"喜迎春"!使人摸不着头脑,写的到底是"鸡年"还是"狗年"?所以,创作生肖春联,除应注意当年的生肖属年外,还要注意用词。

在这里,我给大家介绍三本学写对联的好书:

一本是商务印书馆的《新华成语大词典》，收录成语较多，注音、释义准确，例句丰富。另一本是中国民族艺术摄影出版社的《新编老黄历》，里面十二生肖、天干地支全有，还附有《三字经》《千字文》《增广贤文》《名贤言行集》《五经摘要》《幼学琼林》《小儿语》，等等，包罗万象。还有一本是上海辞书出版社的《对偶成语词典》，也可参考。当然，能熟读《声律启蒙》《笠翁对韵》等韵书就更好啦！等有了一定写作基础，再看萧统《文选》、焦氏《易林》等古籍，读一些诗词曲赋和对联书，创作对联便轻而易举了。

（3）优秀生肖春联举例

创作对联（包括春联），适当用"典"，写得好，能出奇制胜。

2010年第二届"客天下杯"两副生肖春联的一等奖就写得非常好。一副是云南廖智慧的四言春联：

足承虎步；
势启龙章。

这副春联,故意隐去兔年之"兔",而是以兔年后一年的"龙"章,承接兔年前一年的"虎"步,足见作者思考之周密。"承"对"启"(动词),"虎"对"龙"(动物,名词),全联对仗工整,音韵和谐。尤其上联"虎步"仄声低沉,下联"龙章"平调响亮,显出对联声律特有的韵味!

另一副是广东柯明铮的七言春联:

争春莫效守株待;
竞富应当破壁飞。

上联以"守株待兔"这个成语,同样隐去兔年之"兔";下联运用民间故事"金龙破壁",形容人们在改革开放之后竞相致富。全联结构相同,对仗工整,平仄协调,化用成语和民间故事,妙不可言。

在十二生肖中,有的生肖给人的印象不佳。如鼠、蛇、狗、猪,应尽量避免在对联中出现这些生肖名字,写作时除了美化一下这些生肖外,还可用干支或地支取代。请看2013年蛇年湖北梁和平生肖春联一等奖的作品：

> 春至小龙舞；
> 梅开中国红。

"蛇"的生肖春联不好写。作者把"蛇"美喻为"小龙"。上联写春天到了"小龙"起舞，一派盎然春意；下联写红梅绽放，祖国大地欣欣向荣。这副春联立意鲜明，颇具时代性，春天的气息、民族的精神跃然纸上，写得生动活泼，饶有趣味，而且对仗工整，符合格律，音韵和谐，堪为上乘之作。

3.行业春联

行业春联中，有一种是工业、商业通用的经典春联。例如下面这两副春联，凡是做生意、搞工商业的都可以用，也不会过时。

> 生意兴隆通四海；
> 财源茂盛达三江。

生意如春春意好；

财源似水水源长。

但以上两副春联，医院、药店便不能随便张贴了。医院、药店生意兴隆，意味着生病、看病的人多了。医院如果贴这种对联，便会被人唾弃，说你缺德。且看这副旧时中药店春联：

但愿世间人无病；

何妨柜上药生尘。

全联写出了药店高尚的道德和情操。下面这副也是常见的医家春联：

杏林三月茂；

橘井四时春。

"杏林"是旧时对医家的颂称。"橘井"出自晋代葛洪的《神仙传》，桂阳人苏仙公成仙前告其母，明年有疫可取橘叶、井水，以疗疫疾。后果若其言，人取橘叶、井水治病,救活千百人。

行业很多,这里再举几个例子。

理发店春联:

> 不教白发催人老;
> 更喜春风满面生。

茶叶店春联:

> 舌雀未经三春雨;
> 龙芽先点一时春。

糖果店春联:

> 往来尽是甜言客;
> 谈笑应无苦口人。

饭店春联:

> 美味招来八方客;
> 佳肴香满一店春。

4. 个人春联

个人春联也叫个性化春联，内容人各不一，大致与他们的职业有关。自古以来，大部分文化人的春联，书写的是个人经历，表达的是个人情怀，一般只是作者自己用的，别人用不了。例如清代"长联圣手"钟云舫创作的一副春联：

> 天外浮云看富贵；
> 眼前修竹长儿孙。

清朝宁波名医范文甫，一生以治病救人为己任，虽然他家庭贫穷，但其意志不改，一年春节，他自题春联聊以自慰：

> 但愿人皆健；
> 何妨我独贫。

20世纪60年代初自然灾害时，我家乡一位小学民办教师撰写的一副春联，虽算不上佳作，但写得

实实在在,我至今记忆深刻:

乐事漫谈瓜菜茂;
吾侪欢呼稻粮丰。

当代诗人、书法大家沈鹏,也喜欢自题春联。他的一副兔年春联,以"兔毫"(毛笔)来破题,颇有新意:

兔毫落墨三江水。
国事开春八阵图。

(二)地理名胜联

地理名胜联又叫胜迹联。著名的园林学家、同济大学陈从周教授在《说园》一书中说:"我国的园林,无不以文传园,以园传文。园实文,文为园,两者相辅相成。"建筑物上的对联,载体大都为石柱浮雕或沉刻;也有木刻的,可以定期翻新。

无论木刻还是石雕，都是永久性的。地理名胜联，对载体的要求高，对对联的文化艺术性要求也较高。一副好的名胜联不但能流传千古，而且该联的镌刻地也能成为一个著名景点。

创作这类对联，一定要和环境相协调，力求把"文"融入整个环境之中，做到"以文传园"。反过来，园林美化了，又可"以园传文"，真正达到"园实文，文为园"的目的。

实际上，名胜之地本为无名之地，只是因为名人名作才得以传名的。大观楼、岳阳楼、黄鹤楼、滕王阁、沈园、琵琶亭等名胜，皆因一副联、一首诗或一篇文章而名声大噪。陆游的一首《钗头凤》，成就了沈园。琵琶亭更是如此。据说，琵琶亭原在江西九江县城西江滨，唐代大诗人白居易送客至此，"忽闻水上琵琶声，主人忘归客不发"，于是"寻声暗问弹者谁"，而"添酒回灯重开宴"！这是一千多年前的旧事，我曾两次专程前去浔阳江头寻觅琵琶亭，但只有浔阳楼，并无琵琶亭。后来听说原址的琵琶亭，屡建屡毁，1987年九江市政府将其移建于长江大桥南岸。原琵琶亭有几副名联，清代梁章钜的《楹联三话》卷上有载，一副为清人董云岩所作：

> 一弹流水一弹月；
> 半入江风半入云。

联语化用白居易《琵琶行》诗意，引发怀古幽情。全联仅十四言，读来却使人如见白居易笔下的琵琶女，弹出的大珠小珠，如悠悠之流水、皎皎之明月。两个"一弹"，两个"半入"，真乃"绕船月明江水寒"！此联对仗工整，用典恰当，修辞清丽。梁章钜评价说："自然可喜"。

还有一副琵琶亭名联，载于陈方镛的《楹联新话》，作者是清人金安清，联云：

> 灯影幢幢，凄绝暗风吹雨夜；
> 荻花瑟瑟，魂销明月绕船时。

上联化用元稹的《闻乐天授江州司马》："残灯无焰影幢幢，此夕闻君谪九江。垂死病中惊坐起，暗风吹雨入寒窗。"此诗是元稹怀念好友白居易而作的，故有评说：昔人谓诵此诗不流泪者，其人必不知有友道也！下联出自白居易的《琵琶行》开头两句："浔阳江头夜送客，枫叶荻花秋瑟瑟。"上下联对仗工整，用典自然，恰如其分。

看来，天下景观园林，如果没有高品位的文化作为依托，是不能流芳千古的。广西贺州黄姚古镇，此地有山必有水，有水必有桥，有桥必有亭，有亭必有联，实乃"园实文，文为园，两者相辅相成"！

我与对联打了几十年交道，创作了不少对联，但自己较满意的不多，梅州客天下的"牡丹亭"对联，可算是其中一副。在这里，我把这副对联的创作立意经过写出来，与读者共同赏析。

客天下"牡丹亭"联：

满引唱新词，花花草草，风流万种亭前柳；
千秋传彩笔，死死生生，潇洒一枝月下梅。

这副对联，是我应邀为客天下景区题撰的一组楹联中的一副，镌刻在牡丹亭柱子上。《牡丹亭》（原名《还魂记》）是我国明代著名戏剧家汤显祖的《玉茗堂四梦》之一，成就最高。"玉茗堂"是汤显祖的故居，在江西临川（今抚州）。牡丹亭是梅州客天下景区的地标性建筑，亭名是我请当代著名书法大家沈鹏题写的。为此，我对撰写这组对联也是格外用心。对联创作完成后，由时任中国楹联学会会长、著名书法家孟繁锦用隶书书写。

在撰写这副对联之前，我来到先前建好的牡丹亭，量了柱子的高度，确定这副对联应该用15—17言的联语。

我喜爱戏剧，尤喜昆曲，对汤显祖的《牡丹亭》比较熟悉（在汤显祖逝世四百周年时，曾写过一篇散文《大师的遗梦》）。汤显祖才华横溢，但一生仕途坎坷。十四岁考中秀才，二十一岁中了举人，然而三十四岁才中进士。因为他自负甚高，得罪了万历皇和两朝权贵，被罢了官。看到前途无望，只得把"修身治国平天下"的抱负，寄托在戏剧上。因为没个"为欢处"，只能"白日消磨断肠句"，但这并非他的本愿。汤显祖晚年穷困潦倒，在"竹篱园蔬,鸡坍豚栅"中艰难度日。《明史》以"蹭蹬穷老"四个字记录这位可怜的戏剧大师。我在构思这副对联时,就决定把《牡丹亭》这一戏剧的"灵魂",即第十二出《寻梦》中杜丽娘的唱词"花花草草由人恋,生生死死随人愿",嵌入这副对联中。

上联以"满引唱新词"破题。这里的"引"是指乐曲体裁,即乐曲的引子。上联第一分句说拉满弦弓伴奏,杜丽娘满怀深情地唱着汤显祖的悲歌。

下联第一分句"千秋传彩笔",则化用作家石凌鹤为抚州汤显祖的故居"玉茗堂"题撰的长联中的一个分句"梨园传颂千秋笔",应对上联第一分句"满引唱新词"。

上联第二分句,把杜丽娘的唱词"花花草草(平平仄仄)"嵌入联中;为了符合对联平仄,将原唱词"生生死死(平平仄仄)",改为"死死生生(仄仄平平)",嵌入下联第二分句,应对上联。实现了构思时的想法。"花花草草"与"死死生生"叠词句中自对,上下联又两两相对。

最后一个分句,受到周邦彦《渔家傲》"风

梳万缕亭前柳"、辛弃疾《鹧鸪天》"又见疏枝月下梅"、程大昌《南歌子》"风流出酒家"、姚述尧《南歌子》"潇洒真仙隐"的启发,用改、摘、集的修辞技法,写成了词性相同、对偶工整、平仄和谐的最后两个分句:"风流万种亭前柳""潇洒一枝月下梅"。出乎意料的"锦上添花",把《牡丹亭》男主角柳梦梅也嵌进去了,这是我构思时没有考虑到的。在这里,我深深体会到,撰写对联,正如吴小如教授的话:"功夫在'联'外!"

这副对联,半联三个分句,句尾字上联是"平仄仄",下联是"仄平平",应不合"马蹄韵"的句式。但联语意境找不到更好的内容,不能"以词害意",故这样处理。况且"马蹄韵"也并非明确的联律。

"牡丹亭"组联中的另一副是集《红楼梦》贾宝玉太虚幻境联:

玉茗堂前,堪叹古今情不尽;
牡丹亭畔,可怜风月债难酬。

这是一副较好的集句联。由时任中华对联文化研究院院长常江书写。抚州城东汤显祖故居沙井巷盛产白山茶花,"玉茗"即白山茶花。"玉茗堂"是汤显祖写作、会客、排戏的地方。

另外,宗教寺庙联,广义上说,也属于地理名胜联。古人云:"天下名山僧占多。"国内的寺庙,大都处在名胜景区。从对联内容方面看,大都是宗教内涵与地理风光以及寺院的历史、典故等相结合。这里介绍几副优秀联作。

杨升庵题昆明西山太华寺联:

一水抱城西,烟霭有无,拄杖僧归苍茫外;
群峰朝阁下,雨晴浓淡,倚栏人在画图中。

杨慎(1488—1559),字用修,号升庵,四川新都人。明正德六年(1511)状元,授翰林院修撰。因事得罪嘉靖皇帝,被流放云南永昌,在滇四十三年,足迹遍及云南,留下不少胜迹联。所集撰的《谢华启秀》,为中国第一部联书。

宋湘题昆明西山太华寺云华洞联:

只合任他顽，谁又来凿开混沌；
既然如此怪，我亦欲粉碎虚空。

此联为清代进士、翰林院编修，有"客家才子"之称的宋湘所作。云华洞在滇池西山太华寺内，上面还有个达天阁。登上太华寺，可俯瞰滇池。寺内风景优美，有朱砂玉兰和古银杏，还有世界上最大的茶花。当年，宋湘来此游览，见前辈杨慎在太华寺留有一联，乃有感而发，撰此长联。著名文学家梁羽生认为此联"气势奇趣，堪称妙笔"。

下面这副寺院门联，是笔者应世界佛教协会秘书长弘化法师之邀，为东来寺大门撰写的寺门对联：

翠竹黄花，法雨西洒东来寺；
长松细草，云雾新开旧金山。

东来寺是美国旧金山市的一座寺庙，由梅州旅美华侨捐资兴建。上联的"翠竹"对"黄花"，下联的"长松"对"细草"，且都是句中自对；上联的第二分句"西"对"东"是方位词的句中自对；下联的"新"对"旧"则是一语双关的形容词；上联的"洒"对下联的"开"则是动词相对；上联的"东来寺"和下联的"旧金山"为地名对。此联属工对。

（三）婚寿赠贺联

婚寿赠贺联指贺婚、庆寿或祝贺乔迁之类的对联，属于实用性的喜联。据了解，喜联初始于乾隆、嘉庆年间，经过几百年的创作，也已形成一定的格式。

1. 贺婚联

结婚是人生大喜事。贺婚喜联是表示贺喜、祝福，要写出喜气和吉利。例如下面这副贺婚联：

> 一联佳句如流水；
> 百合香车动画桥。

上联祝贺新婚夫妇成为人生的知音。流水，琴曲名。典出俞伯牙鼓琴，志在高山、流水，钟子期善会其意，后人把"流水"比喻为知音。下联赞美新婚喜庆的盛况。百合，即百年好合，为新婚之期的吉祥话。香车，指迎娶新娘的专车。全联意境优美，给人以喜气洋洋之感，是一副祝贺新婚的通用联。

通用的贺婚联，可以结合新婚的年、月、日、节令来创作。例如春季结婚通用贺婚联：

柳暗花明春正半；
珠联璧合影成双。

"柳暗花明"出自唐武元衡《摩诃池送李侍御之凤翔》诗："柳暗花明池上山，高楼歌酒换离颜。"上联写景，指明婚期正值春光明媚的良辰吉日，绿柳成荫，繁花似锦。下联祝愿新人像珍珠、美玉聚合，形影不离。"珠联璧合"本指珍珠联串，美玉成双，比喻新婚男女志趣相投，感情融洽，生活幸福美满。全联运用诗文绘景，运用成语描写人物，修辞华美，喜气洋洋，为春季结婚通用贺联佳作。

贺婚喜联的创作，还可以切新人的姓氏或名字。把姓氏嵌入对联，要使人一看便知，切不可由于某种疏忽，甚至玩笑不拘，而写出令新人尴尬、没面子的联语，弄坏了吉祥喜庆的气氛。所以，撰写贺婚喜联，一定要注意词语得体，把握分寸。对此，著名联家白化文结合实例，提出了具体要求：

（1）如果和新婚夫妇的关系较深较好，可结合他们的恋爱史等稍作雅谑，借以衬托喜庆气氛，但玩笑不能开得太大，以免伤害感情。梁章钜《楹联三话》载，清代天津太守牛稔文为儿子娶媳妇，大才子纪晓岚题赠了这副对联：

绣阁团圞同望月；

香闺静好对弹琴。

上联暗切典故"吴牛喘月"，下联暗切成语"对牛弹琴"。说牛不见牛，虽有玩笑意味，但望文见义，祝其夫妇亲密和谐，是一副不可多得的喜联。

（2）代人写喜联或送给人婚庆喜联，不要在无意中将"绝""断"等不吉利的文字和词语嵌入联中。否则，不但影响吉日的气氛，还会带来感情上的伤害。

绝代艺蘅词，三岛客星归故国；
传家爱莲赋，百花生日贺新郎。

这是梁启超长女梁令娴与周先生结婚的喜联。梁令娴女史编有《艺蘅馆词选》，从日本归国结婚，婚期定在阴历二月十五日，这一天恰是花朝节，相传是百花生日。上联"绝代艺蘅词，三岛客星归故国"，说梁令娴从日本回来结婚；下联"传家爱莲赋，百花生日贺新郎"（《爱莲赋》的作者周敦颐），暗点新郎姓周，一语双关。此联虽然格调高雅，但有大毛病：一开头就用了"绝代"二字，上下联头一个字又是"绝""传"的"鹤顶格"，从字面看，容易误解为"绝了后代""绝了传人"，颇不吉利。

2.庆寿联

寿联也是一种喜庆对联。撰写寿联必须注意用字的忌讳。例如章太炎赠黄侃五十岁寿联:

韦编三绝今知命;
黄绢初裁好著书。

全联意在突出黄侃刻苦治学。上联的"韦编三绝",出自《史记·孔子世家》所载孔子晚年勤奋钻研《易经》事;"知命"典出《论语》所载孔子自述"五十而知天命"事。下联的"黄绢"典出《世说新语》,为带色彩的丝织品,乃是"色丝",可以合成一个"绝"字。上联有"三绝",下联暗含一个"绝"字,中国人传统的"避讳学"恰恰被章老先生给忽略了。

再看下面这副贺球王李惠堂六十寿联:

周甲数年华,早见锋芒强射虎;
弧辰逢世运,依然身手矫犹龙。

李惠堂，广东梅州市五华县人，有"亚洲球王"之誉。李惠堂生于农历甲辰年，1964年李六十岁，又逢甲辰年，台湾大学教授蒋文友写此联祝李六十寿辰。上联以汉代名将李广善于射箭比喻李惠堂在球场上善于射门。周甲，指甲子（六十年）循环一周，点明被贺者六十岁。射虎，典出《史记·李将军传》："广出猎，见草中石，以为虎而射之，中石没镞，视之石也。"下联指李惠堂六十岁时，在赛场上依然有龙虎般的锐气和球艺。弧，弓。弧辰，指生日，旧时男孩出生时在门左挂弓。犹龙，代指李耳。《史记·老子韩非列传》："孔子去，谓弟子曰：'……吾今日见老子，其犹龙邪！'"这副贺寿联运用数个典故，且其人物皆为李氏，构思巧妙，堪称为佳作。

3. 赠贺联

明清以来，风行撰写对联装裱成轴，在亲友、师生之间互相馈赠。现在，不但个人之间（主要是文化人间），遇喜庆之事会以联相赠，团体之间相赠也较常见。以下几副对联都是名家赠贺名联。

联圣方地山赠张大千联:

世界山河两大;
平原道路几千。

八大到今真不死;
半千而后又何人。

近代著名大画家张大千是著名联迷,方地山有近代"联圣"之称,曾任袁世凯西席。袁的次子袁克文是近代著名文人(民国四公子之一),曾跟他学作诗文。方的年纪比张大千大得多,因为性情相投,结为忘年之交。张大千常赠他没有上款的画,好让他卖钱。张大千三十六岁那年(1934年)韩国之行,友人在天津紫竹林酒楼设宴饯行,方地山陪同,即席撰写两副嵌名联相赠。两联对仗都很工整,尤其第二联切合张大千身份。"八大"即清初大画家朱耷(明宗室,号八大山人)。"半千"是清初画家龚贤的字,别号柴丈人。方地山此联认为张可继承八大山人,超越龚半千。

梁启超赠徐志摩的集宋词联：

临流可奈清癯，第四桥边，呼棹过环碧；
此意平生飞动，海棠影下，吹笛到天明。

徐志摩是梁启超的得意门生。这副对联极能表现出徐的性格，记录着他的故事。徐志摩曾陪泰戈尔游西湖，又尝在海棠花下作诗到天明。

饶宗颐赠陈之初联：

得有之人力振古；
最宜初日此观鱼。

陈之初曾是新加坡亿万富豪，原籍广东潮州，生于新加坡，四岁回家乡读书，十七岁回新加坡做生意，胡椒生意做得最大。发达后酷爱收藏陶瓷、书画、端砚、印章，然后出书免费赠人。陈之初新屋建成之时，宗颐老题联相赠。

梅州市楹联学会赠汕头市楹联学会成立贺联：

联坛扬雅韵；
对苑听潮音。

（四）吊挽联

挽联是人际关系联语中的一类，为哀悼之用。挽联，既有团体（机关）吊挽个人的，也有个人吊挽个人的。

总的来说，一副挽联本身存在的时间不会太长，民间流行摆设灵堂受吊，一般七天，最多七七四十九天。当今社会，设灵堂的时间更短，挽联一般只在遗体告别或追悼会上悬挂，几个小时也就撤去。按习俗，挽联一般用冷色纸书写而不裱。因此，从载体的角度而论，挽联属于最为粗放型的对联。挽联在撤灵时焚化，不在家中悬挂，哪怕是名人或书法名家的杰作也不例外。但也有些丧家在丧事中或事后抄录、编印"哀荣录"或"吊挽录"之类的联书，借以永久流传。

挽联当然以内容为主，书法是次要的。撰写挽联，首先应做到"瞻前顾后，左右顾盼"。瞻前，即对逝者一生的优点、特点或突出贡献有深刻、全面的了解，再加以概括性的表述。顾后，即对逝者家属应有了解。左右顾盼，即对逝者所在单位要有认识，对逝者的亲朋好友也应有了解。不了解清楚就下笔，是很容易得罪逝者家属和某些人的。应该知道，挽联是写给活人看的，不是给逝者看的。表面是对逝者讲话，实际是讲给活人（家属）听的。特别是在代表团体和为人代笔撰写挽联时，更要把各方面的关系了解清楚。

香港厦门大学校友会挽陈嘉庚联：

卅年苦心，创厦大集美，矗立黉宫，总为邦家培后进；

万人洒泪，思囊萤映雪，光分丙舍，仰瞻风范哭先生。

陈嘉庚（1874—1961），福建厦门人，长期侨居新加坡，从事工商业，是著名的华侨领袖，对华侨的公益事业和祖国的教育事业最为热心，曾任中华全国归国华侨联合会主席，1961年逝世于北京。逝世后，港九各界也举行追悼大会，收到挽联数百副。1913—1920年，陈嘉庚先后在集美创办中、小学，兴办师范、农林、水产、航海、商科等学校，于1921年创办厦门大学，毁家兴学，受人敬仰。

蔡元培挽鲁迅联：

著述最谨严，非徒中国小说史；
遗言太沉痛，莫作空头文学家。

1920—1926年，鲁迅在北京大学、北师大教书，研究古典文学，编定了《中国小说史略》《嵇康集》《小说旧闻钞》《唐宋传奇集》等，著作严谨，上联说此。下联则是他对儿子周海婴的"遗言"。

下面是我为一位作家朋友程贤章写的一副挽联，相当于"仿联"，供大家参考：

人而鬼也，神仙老虎狗；
死尤生乎，文学客家禅。

我与逝者亦师亦友。程先生的主要著作是小说《神仙·老虎·狗》和报告文学《客家文学·禅》。所以，创作前便决定把他的这两个代表作写入挽联中。在写这挽联时，想起著名作家楼适夷挽京剧《李慧娘》编剧孟超的挽联：

人而鬼也，鞭尸三百贾似道；

死尤生乎，悲歌一曲李慧娘。

孟超是在"文革"中被迫害致死的，楼先生借孟超的《李慧娘》"鞭尸"奸臣贾似道，以李慧娘一曲"悲歌"，抨击了"文革"！"死尤生乎"，让人怀念《李慧娘》的编剧孟超。

程老因病走得突然，用联较急，我觉得"仿"这副挽联来挽程先生很是恰当。所以，原联的第一分句不改动，上下联的第二分句用程先生的代表作。我的上联第一分句"人而鬼也"，说的是我两天前去医院探望过程老，这时他还是"人"，而今天传来的却是他的死讯，"人"已变"鬼"，使人感到突然和惋惜。下联的第一分句"死尤生乎"，说的是这位知名作家虽然逝去,但我觉得他还活着,他的为人值得我们怀念。上联的第二分句用的是程先生的小说《神仙·老虎·狗》;下联的第二分句化用的是他的报告文学《客家文学·禅》,为适应平仄和对偶,调整为"文学客家禅"。

挽联是写给有文化的家属看的,且逝者曾是广东省作协主席,广东文学院院长,所以,挽联中我敢使用"鬼"字和"死"字。下联的"死尤生乎",足以使其家属感到我对死者的尊敬和惋惜。这副挽联的平仄、对仗、音律都很好。

挽联张贴或悬挂的时间相对较短,一般也很少有收藏保存价值。创作挽联,最重要的是对逝者的生平概述准确,评价恰当,且能表达哀悼之情;在形式上,上下联的末字保持上仄下平,其他格律可以适当放宽。

(五)姓氏祠堂联

姓氏祠堂是安放宗族祖先灵魂、祭祀先人的地方。

祠堂楹联的内容,除了褒扬祖宗光辉史绩之外,还把很多道德人伦的警世格言嵌入联语之中,告诫子孙后代如何立言立德,提醒后裔继承祖先勤俭持家、艰苦创业的美德。所以说,这些楹联是中华民族一部垂裕后昆的特种教科书,也是一部优秀的"家训"。写作姓氏祠堂楹联,一定要了解家族的历史。用词方面,多以处世格言来教育后代修身励志、行善积德、勤劳俭朴。祠堂楹联分类较多,下面谈谈常见的门联、堂联、龛联和栋对。

1. 门联

祠堂大门联有通用与专用之分,南方的宗祠大门联一般以四言联为主,但也有少数是五言的。门联写的一般都是家族的郡望,一看便明白这个家族的历史渊源。下面这副是朱氏宗祠大门联:

紫阳世泽;
沛国家声。

上联指南宋理学家、教育家朱熹。朱熹，字元晦，别号紫阳。下联的"沛国"是朱氏的发祥地，祖居沛国相县（今安徽濉溪县西北）。

2.堂联

下面这副是福建培田村吴氏宗祠堂联：

继前钦徽承三让；
志于道慎守九思。

这副堂联明确地告诉吴氏的后人，要继承祖宗美德，牢记为人处世必须"三让""九思"的教诲。"三让"语出《礼记·礼器》："三辞三让而至。""九思"语出《论语·季氏》，君子有九思："视思明，听思聪，色思温，貌思恭，言思忠，事思敬，疑思问，忿思难，见得思义。"这些都是吴氏后裔的家训和行为准则。

3.龛联

祠堂设有神龛，一般设在祠堂的上堂后面。所谓"神",即供奉本族先祖和远祖的神牌。每逢节日或宗族重大活动,都要上香祭祀。神龛上边的横披是堂号,两边有阳刻的楹联。龛联是各个姓氏专用的,因为这里供奉的是这个祠堂后裔的先人。下面这副是四川成都新都周氏宗祠龛联:

岐山西发家声远;
汝水南来世泽长。

上联指出周氏鼻祖出自岐山,即今陕西渭河之滨的岐山一带;下联意指周氏宗族迁徙汝河流域后又向南迁徙。

4.栋对

祠堂前厅和中堂最大,中堂的栋梁下面一条叫"子孙梁"。子孙梁下有一根木楹柱或石楹柱,这根楹柱,镌刻或张贴着祠堂楹联中最重要的长联——栋对。这些对联,除了记录本族先祖迁徙过程,提醒子孙勿忘祖先开基创业的艰辛,体现强烈的根源意识之外,还承载着祖先令后世子孙引以为傲的光荣史绩，昭示了敬重文明圣贤的素质，教化后代敬宗睦祖，承继先人耕读传家、敦睦族谊、兰桂腾芳、光宗耀祖的儒家文化思想。

下面这副江西修水江州义门陈氏宗祠楹对，为晚清名臣陈宝箴长子，清华四大国学大师之一陈寅恪之父，近代同光诗派代表、晚清进士陈三立所撰：

颍水溯真源，二千年积善累基，文范至今光史籍；
江州缅遗迹，百八庄同宗别派，义门终古衍家传。

对联告诉后裔，祖先的光辉业绩来之不易，要继承和发扬先人行善积德、勤劳俭朴的光荣传统。

（六）居室联

居室对联，分为室外和室内两种。

1. 室外对联

明清以后，大户人家建私家住宅，起名叫"某某庐"或"某某园"。晚清著名的外交家、诗人黄遵宪在家乡嘉应州（今梅州）自筑的小别墅，叫"人境庐"，其门联则用集句联语：

结庐在人境；
步屟随春风。

这副门联是黄遵宪集陶渊明、杜甫诗句联。上联集陶渊明《饮酒·其五》的首句，下联集杜甫《遭田父泥饮美严中丞》的首句。

黄遵宪为什么集这两位大诗人的诗句用作门联呢？我们知道黄遵宪这时的处境：康、梁变法失败，许多参与变法、推行新政者都人头落地，光绪帝遭幽禁，康、梁等流亡海外。黄遵宪被押解至京将被处决，幸而英、日等国驻清公使及时抗议，慈禧才同意他辞职回乡。黄遵宪返乡隐居，修缮"人境庐"，但他爱国之心始终未灭。他在这里重修《日本国志》《人境庐诗草》等，创办教育，关心国家兴亡大事；与梁启超、丘逢甲等书函往复，热心推进立宪，著述讲学。从这副集句门联可以看出黄遵宪满怀爱国之心。所以，集句联所集之句，体现的是集句者的思想情感和精神世界。我们可从这里学到集句联的"功夫"！

改革开放以后，随着人们生活的改善，民居小楼（或称为别墅）逐渐增多。这类建筑的命名方式，大都冠以姓氏的"郡望"或"堂号"，也有联首冠以主人夫妇名字的。镌刻在大门两侧墙上的对联多为"藏头格"的联语，一看便知主人的姓氏，联语大多为吉祥话或德行伦纪之类的格言。创作这种对联较为容易，与祠堂门联相似。

2. 室内对联

人境庐内左边小花园上边的息亭，是黄遵宪接待朋友的地方，亭子上的这副抱柱联可算是室内联：

> 有三分水，二分竹，添一分明月；
> 从五步楼，十步阁，览百步长江。

上联写的是人境庐周围的环境,"有三分水,二分竹",如果天清月朗,再"添一分明月",在此居住,该多么惬意!下联写"从五步楼,十步阁"上,"览百步长江"。这里的"长江",指的是离人境庐仅百步之遥的梅江。当年,有多少人正是从这条梅江水,经松口,再从韩江到潮州,由汕头搭乘轮船,漂洋过海"过番"去东南亚,甚至到欧美拼搏。黄遵宪自1877年始,历任驻日本公使馆参赞、美国旧金山总领事、驻英国参赞、新加坡兼马六甲总领事等职。多少年来,他也往返于这条黄金水道,从事外交官的生涯。此时,国家已到了生死存亡的关头,诗人被削职闲居在家,无法施展抱负,只能仰天长叹了!

　　清代到民国年间,对联盛行,文人墨客、达官贤人、商界名流人家总会悬挂一副或数副对联。这种室内联,主要用于书房、卧室、客厅等地方。联语多用历代名贤格言、处世名言,或为诗词曲赋集句联,用以装饰,附庸风雅。这种对联对书法的要求比较高,若为亲友赠贺,须为联墨名家撰书,方能互为表里。

（七）行业联

行业联是对联中的一个大类，是指工商贸易、商场会所、茶楼酒店、文卫体育、书院学堂等行业或机构使用的对联。

行业联起源于何时，众说纷纭，但从明太祖朱元璋为阉鸡劁猪的人家撰写的"双手劈开生死路；一刀割断是非根"这副春联，可以推测，至少在明代便已出现。联史记载，这类对联在清代极为盛行，大小商肆、三教九流的招牌门面，都喜欢用对联来装点。这种对联，一般分为两种：

第一种是在新店或公司开张时，书写、张贴的对联。这种粗放型的对联，存在时间短，也很少有保存价值。例如理发店开张张贴的这副对联：

> 虽然毫末技艺；
> 却系顶上功夫。

又如酒楼开业，张贴的这副集王维和李白诗句的对联：

> 劝君更进一杯酒；
> 与尔同销万古愁。

另一种是建筑装修豪华、规模较大的酒店或宴会厅，悬挂在大门两侧或镌刻在大门立柱上的门联以及装裱后悬挂在室内的对联。这种对联存放时间长，具有行业宣传色彩，联语好的，还会被人抄录流传。例如潮州韩江酒楼的这副对联：

> 韩愈送穷，刘伶醉酒；
> 江淹作赋，王粲登楼。

全联四个分句，分说四位古代著名的文化人：韩愈，唐代著名文学家，曾被贬为潮州刺史，著有名作《送穷文》。刘伶，魏晋时期"竹林七贤"的名士之一，善饮。江淹，南朝梁著名文学家，善作赋，有《恨赋》《别赋》名世。王粲，汉末"建安七子"之一，其《登楼赋》为千古名篇。此联将四个文豪"联"在一起,创意独特,不同凡响。

又如杭州西湖楼外楼一联:

> 屈醒陶醉随斟饮;
> 春韭秋莼入品题。

屈醒陶醉,出自屈原的"众人皆醉我独醒"和陶渊明的"造饮辄尽,期在必醉"句。春韭秋莼,引自西晋张翰的"莼羹鲈脍"和唐杜甫诗句"夜雨剪春韭"。用典自然天成,寓意深刻。

另外,古代的书院名联很多,如朱熹所题白鹿洞书院联:

> 道迷前圣院;
> 朋误远方来。

又如宋湘所题丰湖书院联:

> 文字有神揭星汉;
> 圣贤以道证人天。

这些对联，不但联语上乘，而且对联大都为名家亲笔书写的，具有极高的收藏价值。

六、对联与书法

（一）春联的书写与张贴

1.春联的书写

春联是载体粗放型的文化艺术品，雅俗共赏。它是贴在门上给大家看的，首先要使人一看就知道你写的是什么，说的是什么。所以，春联的书法，一般要用正楷书写，但也可写普通人看得懂的行书、魏体、隶书。写草书、篆书就不行，为什么？因为草书、篆书一般人看不懂，那是文人墨客挂在书房、客厅里自我欣赏的作品。

替人家挥毫泼墨写春联，是好事。字写得好与差是次要的，只要不写错别字就行。最重要的是你要知道你写的对联文字的内涵，要牢记一条：你写的对联内容，虽然不是你创作的，但是如果把内容错误或不该使用的对联,乱写给人家,书法再好也会被人耻笑,甚至还要承担法律责任。

传统经典春联是可以书写的,但是,千万不能把一些旧社会"特殊"的行业春联写给人家。例如,有报道说,书法家们春节前免费挥毫,给群众送春联,竟把"门迎春夏秋冬福;户纳东西南北财"这副旧时青楼专用的春联,写了送给人家。这副春联甚至有印刷品在市面上出售,真不知道这印刷厂是如何监管的!

传统的民间春联,应该是红纸写黑字(这里顺便提一下,当年因为我不懂,"发明"了写金字春联,后流行全国,现在才知道有点不妥)。但是,现在大家都贪图漂亮好看,用红纸写金字对联,市面上出售的也多是印得色彩美艳的金字对联。漂亮是漂亮,其实,红底或黑底的金字对联从古至今,都是佛道寺庙、庵堂里专用的载体。民间的春联,传统都是用红纸写黑字,讲究点儿的,用瓦当红宣纸,上印有龙凤麒麟吉祥图案花纹。

2.春联的张贴

"楹联习俗"是国家级非物质文化遗产,张贴春联也是不能随便的,应该遵循传统要求。现在把春联贴反的现象很多,所以特别提醒大家:所有春联(对联)的尾字上联为仄声,下联为平声。正确的贴法是:

面对贴对联的地方(或门),右手贴上联,左手贴下联。春联的横批,一般也是从右写至左边。

把春联贴反了是犯忌的,过年喜气洋洋,千万别犯忌!

(二)对联书写与镌刻、悬挂

1.书写格式

对联种类繁多,但无论哪种类型的对联,都必须按照传统要求来书写。对联通常有如下三种书写方法:

(1)单行对联的常规写法

门联和堂联一般是短联,戏台联以及祠堂的栋对、檐联一般是中联,短联和中联一行可以写完的，就从头写至脚。赠贺联要落款钤印（盖章）的，上联右边从第二字起小字题款，上面钤闲章；下联左边下半部写小字题撰书者并钤印。

按照传统对联的贴法，横批要从右写至左边。

（2）传统的龙门对

赠贺或其他装饰性的对联，要落款或题跋的中、长联，须分为两行或两行以上书写。上联从右至左排列，先应安排好文字，最后一行文字少一些，下面留出小字落款的位置，并适当留白；下联从左至右排列，文字排列与上联相对应，最后一行下面，留空落款写小字并钤印。这种写法，看上去如门的形状，叫"龙门对"，是传统对联最美观的书写方法。

（3）琴对的写法

这种对联，一般是五言以内的短联。写法是将联文写在上边，上下联的下边落款和钤印。与龙门对一样，琴对多半是文人墨客的赠贺对联，挂在厅堂或书房，作为装饰用。

传统对联的写法，是不断句、不加标点的。有些长联，很多人一下子看不懂。长联书写格式是否可以改革？比如，在需要断句的地方留空半个字位，或侧边加标点，以方便大家阅读。

另外，中、长联分两行书写的，不要写成一短一长的"刀字联"或"刀币联"。这种写法，无论上下联都从右写至左，短联落款题跋都在左边，看上去尤如双"刀"，很不吉利。特别是写喜联、寿联，严禁使用。任何类型的对联，这种写法也是错误的。

后面，我将几种传统的对联写法，如单行的对联、龙门对、琴对附图示例，以供参考。

2.镌刻与悬挂

一般姓氏祠堂的堂号匾额、龛联和栋对，传统的都是浮起来的阳刻，匾额文字由右写至左。名人纪念祠的匾额，如果不配楹联，文字可从左写至右。要是配带楹联的话，匾额就必须从右写至左了。至于文字是木刻或石雕，阴文或阳文，并无规定。

装裱的对联和中堂，必须按照传统格式，由右至左悬挂。

最后，需要特别提醒的是：历代的著名书法家，不但字写得很好，而且大都是诗人、文学家，甚至是大学者或大文豪。但今天很大一部分所谓的"书法家"，只知道练好书法，缺少真正的文化底蕴，请他写字，只要给钱，什么都敢写！甚至有"书法家"，为了附庸风雅，竟然把不该挂在书房和客厅的对联和文字，堂而皇之地挂上，真是笑话！

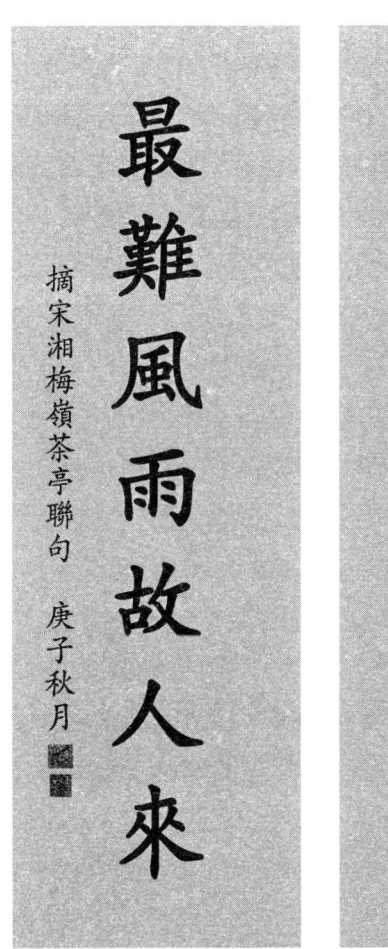

单行对联常规正确写法

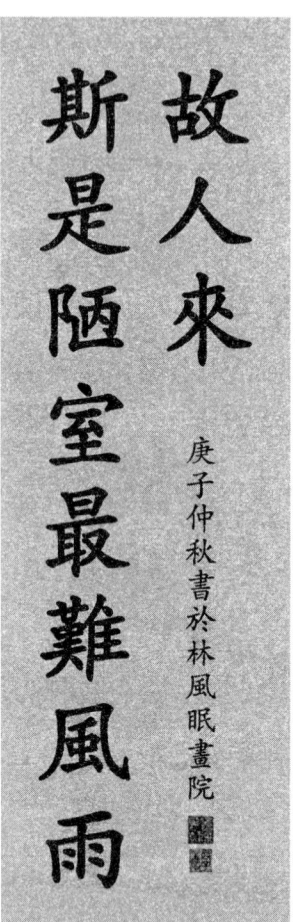
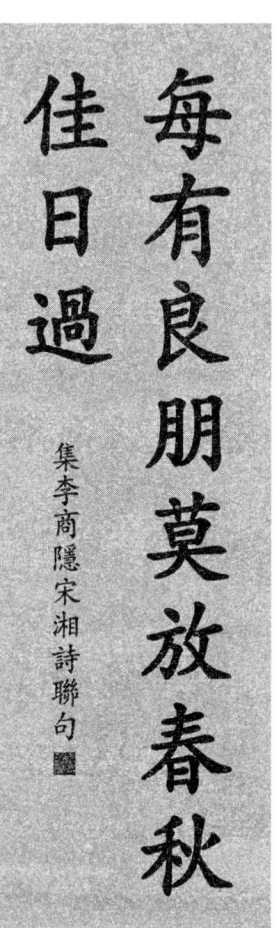

传统中、长联龙门对正确写法

室雅何須大

花香不在多

録清人板橋
鄭燮聯以自
娛矣

己亥冬月
風眠畫院
陳平書於林

传统琴对的写法

茅屋八九間釣雨耕煙須信富不如貧貴不如賤

此爲多字聯刀幣聯不宜書法

竹書千萬字灌花釀酒可知安自宜樂閑自宜清

此爲多字聯刀幣聯不宜書法

错误的"刀字联"或"刀币联"写法

七、致读者：功夫在"联"外

著名学者、北京大学吴小如教授为他的学生白化文《闲谈写对联》一书作序，题目是《功夫在"联"外》，开篇便说：

> 近年来人们所从事的业余文化有三个热门：一曰书法，二曰写作旧体诗词，三曰作对联。这三方面"生产"的数量都很多，而质量上却总不见有多大提高。最近有人已渐有所悟，知道要想把诗写好，功夫乃在"诗"外。其实写毛笔字和撰写对联亦复如是，不从"字"外和"联"外下功夫，是很难有突破性进展的。而三者之中，爱好作对联的人似乎更多一些……

吴教授一针见血地指出，要写好对联、作好诗，不能单在对联、诗词上"咬笔头"，而是要在"联"外和"诗"外下功夫！正如古人说的："熟读唐诗三百首，不会作诗也会吟。"要写好对联，首先要熟读古典诗词，以及与对联有关的联书和韵文、碑帖、格言等。

对联脱胎于唐宋诗词，自明代开启，至清朝鼎盛。千百年来，一代代的中国文化人乐此不疲，创作不辍，对联已成为一个成熟的文化艺术品类。运用典故，注重修辞，隐含诗意的美学阐释，且对仗、平仄、声律要求严格，对联在世界诸多文学艺术门类中独树一帜。

国学大师饶宗颐说，楹联是"简化的诗"，"是诗的缩影"。加之与书法的结合，为多少文人骚客所钟爱，许多流芳百世的对联名作，传承不绝，蔚为大观！

著名文学家梁羽生不无惋惜地说，"对联"这一世界独有的文学形式，是我们老祖留下的传家宝，可惜几十年来鲜为现代文学界所重视！在过去的一段时期，我们为发展经济，忽略了对优秀民族文化的守护，西方文化乘虚而入，幸而现在国家顶层吹响了民族复兴的号角，要圆"梦"，必须首先坚定民族文化自信！

对联至今乃是使用频率最高的、应用范围最广的一个文体，我一介布衣，再三重订这本入门小书，旨在帮助更多的读者朋友步入对联这扇大门，领略并实践这门优秀的传统艺术。

作者学识有限，祈希方家不吝针砭！

陈 平
己亥冬月完稿于寓中
庚子夏初改于三白书院

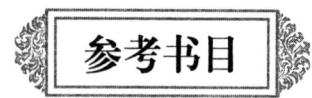

参考书目

《楹联文化小识》,陈平编著,广西师范大学出版社,2016年第2版。

《闲谈写对联》,白化文著,中华书局,2006年第1版。

《中国对联学概论》,谷向阳著,昆仑出版社,2007年第1版。

《名联观止》,梁羽生著,香港天地图书公司,2009年增订版。

《绝妙好联赏析辞典》,苏渊雷主编,上海辞书出版社,1994年第1版。

《楹联丛话(附新语)》,〔清〕梁章钜著,白化文、李鼎霞校点,中华书局,1987年第1版。

《楹联丛话 楹联续话》,〔清〕梁章钜著,王承略、布吉帅点校,凤凰出版社,2016年第1版。

《巧对录》,〔清〕梁章钜撰,岳麓书社,1991年第1版。

《中国对联大典》,谷向阳主编,学苑出版社,1998年第1版。

《名联谈趣》,梁羽生编著,上海古籍出版社,1993年第1版。
《中华春联实用手册》,刘太品编著,中华书局,2010年第1版。
《素月楼联语》,张伯驹编,上海古籍出版社,1991年第1版。
《京师地名对》,〔清〕杏芬辑,光绪二十七年(1901)刻本。
《考试对课奇趣》,梁申威、王亚东编著,希望出版社,2006年第1版。
《对联格律·对联谱》,余德泉编著,岳麓书社,2000年第1版。
《对联通》,余德泉编著,湖南大学出版社,1998年第1版。
《客天下楹联集锦》,陈平主编,中华书局,2018年第1版。
《梅州历代名联辑注》,陈平、曹杜荣校点,中华书局,2016年第1版。
《梅州历代名联辑注续集》,陈平、曹杜荣编著,中华书局,2018年第1版。
《古今名联谈趣》,梁羽生著,作家出版社,1986年第1版。
《楹联丛编》,刘太品编,诗联文化出版社,2009年第1版。
《巧联妙对》,郑嘉善编著,台湾星光出版社,2002年第2版。
《对联新语》,陆家骥编著,台湾商务印书馆,1978年第1版。
《中国对联大辞典》,顾平旦、常江、曾保泉编,中国友谊出版公司,1991年第1版。

《中国客家对联大典》(上、下卷),陈平主编,广西师大出版社,2015年第1版。

《中国客家姓氏祠堂楹联》,陈平主编,商务印书馆,2017年第1版。

《中国客家对联大典》(第三、四卷),陈平主编,中华书局,2019年第1版。

《对联写作精解》,罗维扬著,岳麓书社,2012年第1版。

《作诗、填词、撰联百日通》,金铁庵著,乔继堂编,上海科技文献出版社,2009年第1版。

《十二生肖楹联选》,宝鸡市楹联学会编,陕内资图批字(2011)cb140号。

《对联写作规则》,奉腾蛟著,岳麓书社,2006年第1版。

《新编老黄历》,民俗文化组编,中国民族摄影艺术出版社,2002年第1版。

《新华成语大词典》,商务印书馆辞书研究中心编,商务印书馆,2013年第1版。

《对偶成语词典》,何洪江编,上海辞书出版社,2012年第1版。

《对联知识手册》,常江著,中国青年出版社,1990年第1版。

附录：佩文诗韵

《佩文诗韵》是清代科举用的官方韵书，士子进考场作试帖诗，必须遵守这部标准韵书的规定，和宋代《礼部韵略》的作用差不多。《佩文诗韵》和《佩文韵府》在康熙四十三年（1704年）到五十五年（1716年）期间编辑成书。《佩文诗韵》分平、上、去、入四声（平声分上、下），共106韵10235字。

上平声

上平一东

工潀弓中公充功匆同戎攻冲玒肜芎艽忠东空穹恫恫洪蚣红虹风种䇒冢宫桐烘翁衷躬崇嵩终通釭童筒绒隆雄冯沨菘衕嵩枫笐酮僮梦熊蒙铜稷箜蝀潼穷蓬葱融曈蚣曚曈窿篷聪鸿幪癃罿螽鲖丛朦虫丰颗濛

蕻鬃骔吰胧珑昽杴沣砻酆騌笼聋襱镱涷峒忡讧瀷猣鮟蠓翀鬞膧絧橦甝詷橦膧茙駇氋艨曚懵霁泽氵氵袱琉狨薏泛瀜瞨髼嵕悾罞庞逄涤

上平二冬

冬农宗钟龙春松冲容蓉庸封胸雍浓重从逢缝踪茸峰蜂锋烽蛩筇慵供恭淙琮悰侬松蓯凶墉镛佣溶镕醲秾邛蚕共憧墉喁颙邕壅痈饔纵龚脓淞忪惷瑢葑凶汹雠饔禺痈丰冬蚣蹱𠃊榕镫恟灉禯螏䥻凶肜橦懵賨

上平三江

扛江杠邦尨矼降厐茳豇梆釭窗腔蜣蹬幢桩橦骦双庞浤摐鏦缸艭憽逄撞淙泽婄悾摐瑽惷埫

上平四支

支枝移为垂吹陂碑奇宜仪皮儿离知驰池规危夷师姿迟龟眉悲之芝时诗棋旗辞词期祠基疑姬施匜丝司葵医帷思滋持随痴维卮麋螭麾墀弥慈遗肌脂雌披嬉尸狸炊湄篱兹差疲茨卑蕤陲骑曦歧岐谁斯私窥敧熙欺疵赀答羁彝髭颐资糜饥衰锥姨楣夔祗涯伊耆追缁箕椎罴罳厘萎匙澌脾坻嶷治骊妫飔尸綦怡尼漪累匜牺饴而鸱推縻璃祁绥遆咿巇酏緆義赢肢骐訾狮嗤毗咨堕萁萁醨粢睢漓蠡噫䧫馗甾辎褵邳锜肶鳍栭迤

蛇陣淇箎蜊媸漦淄丽弥牺筛纚期厮氏痍娭壝蓠犧蕲
酏氂鎏貏比椑僖犧貤祺嘻扮鹝瓷鹚铍琦骴沶疧湙骎
呢蓷嵋忯檪駆熹孜台蚩裨魖纰橷倕丕琪傲耆衷惟猗
剂絁伾荠鰲偲潍提醾垙魌牦鲕莲衹禧岯庨居瓷鼙栀
虒嘶踦虧戏锤蚳畸雏癹劕褫椅胹埤跜腄桋錍磁崔橍
鄳皖痿酾楷罹栘离椑謑酏罹劵佳羁荍锱陑虽萎蚑摡
郫仔篲嘻寅鄙蓷鲥麒崥芘委鍉鸸秕蜞藦軝梾孋摛梩
崎嵫籽襹隋箄䏢羲貀蛜蛦姕橺姾梶樹彙麇皱觜鎑緦
鉖趍褋嶋麎桐巙頯萑秜泜䊶漃跠恞咦崺郯汔逶騩蕫
觯跚跜諆覒滛倭鑮忯熿圯宧嵯黝袆劉黎楢赍禔㕧觹
犁玭瓵陂甍

上平五微

妃衣圻希沂依肥非威祈韦飞旗晞欷渑围帏几扉
挥稀腓菲睎微晖违溦辉葳顾绯豨叽畿诽翚袆机玑霏
徽矶薇闱禨馡归鯡讥飢騛巍犧鶰斐驩痱蜮楎肵鐖犛
碕澨

上平六鱼

予且如余妤车居于沮狙初胠胥帤洳胠苴徐书梳
疽砠茹除涂徐纾淤疏蛆鱼据袪渠舒虚椐琚畬腒葅趄
楝鉏蜍雎渔与蒢裾嘘墟蔬诸猪锄闾余欤蝑歔篨蘛谞

储璩舆碌摅潴玙萸庐榈藸躇楮橥蘆胪旟蘧韹誉驴籧祛箊絮鑢鸲潊屠釄挎疋匌湑魖呿嗁蟮咀锘鯲

上平七虞

于夫毋殳吁朱邘劬孚巫扶迂盱玗拘盂臾芙妽殳泧盱俘俞禺竽纡姝枹柎洙苻郱俱娱株殊珠吁捄蚨郛区娄符趺雩绚荂愉渝无腴萸蛛鈇隅须嵎揄楰稃罦隃愚榆瑜虞诛跦逾嫬歈硖揄凫岖愈铢需崳厨敷枢肤蝓褕谀驹婁儒芜觎输嚅濡趋瞿躯雏嬬臑鸲繻襦鮵驱须朣蹰衢鼱躣模谟蒲湖胡瑚乎壶狐弧孤辜姑觚菰徒途涂荼图屠奴呼吾梧吴租卢鲈炉芦酥苏乌污枯麤都铺诬鞠蒌镂桴朐蓦酺逋醐糊餬鹕鹕沽蛄呱酤菟笯膴鼯笯弩逋舻垆岨弩泸栌舗晡谀裯軷眾邾瘏旟痡鸬柝喁颅釪句嫩醐瀹僂腰妭膜嫫瓠樗虖鉂菹恶刳娄腧蒡芋呕驺咮豞甗阇喻瑜繻枸欋鸠侏諙憮葫怃鹔濡狗于猛孺枎鯲陬怃趎痀瓵笯枅稣

上平八齐

兮氐圭西低批儿妻泥刲枅奎邦倪奚迷凄栖笄凄梯淒畦猊窐羝啼秭提犀萋堤媞梯栖谿绨瞇闺齐蜺撕稽缇锑黎禔鯢蹄霓藜嶪挤溪蹊憕綮脐鸡题醯雟鞮鹈藜鲵蛴麛黧携跻鼙赍鹥鷖鳉齑齯觿犁蠡诋碑缔騠禔

箆鎞傒騤嘶澌椑蠵骊鹂緌梸睼鸂鑴楷榩鉡筳炷

上平九佳

佳娃差柴涯钗牌街鞋鲑乖皆俳埋挨豺偕排淮揩阶喈湝槐侪谐骸斋怀霾鲭娲蜗薢蛙哇痎楷懐啀緺华筷骊

上平十灰

回灰坏杯枚玫傀坯徊恢柸岯洄桅茴囘悝捼䘑偎堆培崔徘推梅盔莓陪栘頠脢儽媒敦棓渨隈催煤煨诙雷嵬搥根脄葨摧瑰裴魁禖硇菕醅鍩隤擂颓缞魾儡鵻檑蘹镭罍才台材灾臺来佁哈郃哀哉咳垓孩胎苔炱陔唉埃栽能财胲菭徕猜崃欸涞凯莱裁跆开裓䓘腮该赅台敳皑颏骀鲐䑓騃鯠鳃纔㥪脢絯郲梾儓抬锤岭薐陿漼桹

上平十一真

人巾仁民申因臣伸身辛辰呻岷囷忞旻垠姻津珍纫垔宸真神秦茵狺罠寅彬晨绅贫陈筃湮垔斌新筠歆尘賨甄宾鄞银闽墐瘨祲粼瞋邻缗誾傧磷璘亲频蓁駪麋嫔滨磷薪豳瞵闉鬒甄濒辚嚬苹蠙鳞麟翚匀屯旬均巡迍春峋恂紃郇伦纯荀珣抡淳沦脣逡循皴竣钧询驯椿纶漘踆谆轮醇遵鹑鷷佻荎溱诜榛蓁臻駪諲襈

振昀填旽泯洵桭驎锌仾麎柛娠眹牲蜦姺潾昫袀縉箘斳礥

上平十二文

云分文君汾妘沄氛芬芸粉军纹纭纷耘窘粄衻焄焚贲雯雲棼雾群荤裙涒郧氲闻煴熏鞁坟濆澐鲼勋篔缊蕡獯豩熏曛殯豮辒纁饙醺斤昕欣芹炘殷筋勤殷瘽懃薪龂堇闉闦鄞澴蕠垠狺鳮蝹员靝臐

上平十三元

元沅言祁芫垣爰冤原袁轩瞀虺掀袄喧嫄媛番园暄源烦萱埙嫄键墦幡樊蕃谖鸳燔瑶膰繁辕燌鼋翻繙旛鞬藩蹯轓鹓矾甗蘩屯存村坤奔昆昏门盆孙婚昆惇扪抡豚啍悛尊敦浑琨贲飧饨溋温髡荪魂喷墩论璊裩炖暾缊阁臀辊缊蹲鲲亶軘孴吞垠恩根痕跟鞎髠湲反貆宛暖杬源纯榅榬苋仑嶟庢鹝蜳蓀轂轩阮蕰笲沄緷潫樠蜿鶱怨洹咺咺

上平十四寒

干丹刊奸安汗肝玕姗珊看竿乾单寒残弹鞍啴掸郸坛餐殚檀阑韩瘅箪禅难拦澜栏兰摊滩驒籣谰丸刓完芄官冠洹纨倌剜桓般狻曼莞刓涫敦棺湍萑团端酸抟溥宽潘瘢盘槃瞒貒繁磻蟠谩馒銮髡峦欢鳗攒栾璨

观髋欢滦钻銮驩鸾斡漫叹羱跚慱镘胖弁拌汎智樠䍦
翰攒岏豻驙

上平十五删

删扳奸姗昄班斑菅顽颁潸寰圜环还锾颜攀关轘
镮闤弯鬟湾蛮山殷孱闲閒纶悭潺娴艰瞷斓鳏鹇湲媥
讪澴患擐鸾跧蕑间鬘獌黫軒般豻

下平声

下平一先

千天仟玄田先年阡玕佃妍岍汧芊弦肩前咽畋研
涓眠坚渊牵弦舷焆蚿豜填烟軿笺怜莲蝙贤燕县骈蹎
駽溅阗鹃边颠巅籛跹蹁笾鞯川仙全佺卷延沿籼便宣
穿员娟扇拳捐荃虔悁悛旃牷干偏专旋涎焉痊船连埏
狿单棉湔湲然堧揎絭梴筌絟传圆愆煎诠铅椽梗犍瑄
遄涟筵铨鸢缏蜒鄢婵篇缘翩儇嫙璇篃缏蔫澶砖钱嬛
褰鋋毡禅联鲜邅璇蝉鞭颛瀍鬈膻翾骞缠镌饘权躔挛
驙𩨨鳣鹯颧零甄扁还朘篿燀戋纯嗎佺祆蜎媊磌滇蠙
鬋胼枅諓骿潺孱儃懁瑌蝝跧搴嫣禈鶣歅瘨键蜷骣駩
沺癣竣郔挻

下平二萧

刁幺佻挑迢垚佻苕凋彫条枭聊祧尧貂儵侥僚寥蜩憀潆脀嘹寮撩浇调哓峣獠髫萧辽雕徼橑膮箫簝潇镣骁鲦鹩夭妖杓招弨怊姚昭苗要枵哨宵晁消钊挑茇髟逍陶乔描朝椒焦硝超傜喓痟轺剽摇腰绡蒌蛸侨漂瑶遥韶歊铫娇憔标潮销霄峤桥橇樵桡烧瓢蕉荛鸮谣邀锹僬馨簥鲦魈蛸濋谯轿臕趫飘饶嚣飚骄镳鷯鷦藨寥燋怊飙鳐膲鐎娆鏢熛麃劭跳飂料摽窑鹞猺褕藻荞瞧猫嘹燎谬掣翘

下平三肴

爻包交抓咆呶庖抛泡肴坳恔姣炮胞茅郊枹洨哮捎弰抔茭虓匏啁崤巢教梢淆掊苞訬蛟跑钞旓筲蛸嘐敲鄡颮嘲胶樕麃鞘罄鲛䴔轇輎譊铙鬝烋詨涍骹髃牦硗筊咬罩剿轈襖㜮罞鞄刨庨佼警髫摎嶚颢颮鷍嗃部磝

下平四豪

刀毛叨尻忉牢弢舠芼挑洮咷桃皋羔逃高旄敖曹毫袍陶劳萄猱噪搔滔绦号釖漕膏裯豪髦绹螬捞槽熬褒遭牦獒操篙翱橐濠涛糟缫臊艚薅螯桴警醪韬骚翱鸷蟊饕鳌艘臑糕慅绸慆醄颾璈嚣匋裪涝螂淘槔嗷嶆

咎耗

下平五歌

多佗何那沱河陀阿俄柯苛拕岢珂哥娑娥峨荷紽莪诃跎轲佐硪菏酡嵯搓蛾痾歌瑳磋驼瘥鮀蹉鹅罗傩蹉驒萝箩鼍锣戈禾伽囮和坡波科茄倭婆梭莎讹垇涡矬窠过襃颇摩蜊嶓緺踒過螺皤迺魔劘蠃磨驼呵幺锅訑番磘獻窩簻睋覹啰婀枷

下平六麻

丫叉巴牙加瓜划夸呀沙车邪权些杷爬芭芽花枒哇耶茄迦哆拏枷洼珈家差爹痂笆纱窊罝奢斜蛇袈麻笳犯娲琶华蛙桠畬钯嗟椰煆瑕葩葭衙裟夸遐楂铊嘉洼赊瘕虾蜗遮鸦楂桦锻鰕椴铊闍鴐蟆霞榎鍜氁哗騢騳騧涯哑爷鲨娃苴艖污俴遮跏涂姱鍨虵溠荂粍哆呀碬咤斲㜎嫁划嘏揶吾葚磋祖砗

下平七阳

亡方王央匡羊坊妆妨床忘狂良防邡伴戕房昌枋泱羌肪芳长斨姜庠徉殃洋相香怔涯伥倡娘秧商将常张强梁凉猖睢章创场厢扬湘汤筐翔苌乡量阳杨梁彰殇箱鸯嫱樯光行牂堂塘藏狼浆舱庄黄仓皇襄骧缃望芒偿鳇枪囊郎唐肠康冈苍荒遑橙航扬庆姜僵薑疆粮

穰墙桑刚祥详旸伤鲂樟漳璋铓煌艎篁隍凰徨蝗惶潢榔廊浪筜裆沧纲亢吭钢丧肓潢簧忙茫傍汪臧琅蒗当珰裳昂鹅郯障疡锵汤镗尪硪桁杭颃邙赃湟滂粮溏将骧筐襄攘跄鸧蝄瀼瓢螗抢螳跟氓炀钖粮菖铛洸閬蜣玱蹡勷纕彭蒋芗堈嫜鲳磖瓖蘠喤玚憧镶鬤汸钫孀牂搪茛芒磄趪餭覂砀汇滄彷艕劻脼眻緵榿㾼慌鍈榶璗锒鳇胱雱磅霜膀螃

下平八庚

庚更羹粳盲横觥彭棚亨鎗英瑛烹平评枰京惊荆明盟鸣荣莹兵兄卿泾笙牲橃鲸黥擎迎行衡耕萌氓坑纮宏闳茎罂莺樱泓橙争筝清情晴精睛菁晶旌盈楹蠃瀛赢营婴缨贞成盛诚呈程醒声征正铛轻名令并倾琼鹓赓喤锽䩼瞠枪䫉霙伧峥苹猩鼪勍珩蘅桁铿翎嵘丁嘤鹦铮琤砰怦绷掤伻轰訇铿瞠蜻鶄籯莹璎桢撄禛赪蛏柽侦郞桯鲭顷惸嬛骍榜洺枡搒振狞抨趟媖黉薏蝶濎蟛嵤坪泙鶊浤纮彷橙絣甍礐娙饧

下平九青

青经泾形刑邢硎铏型陉娙亭庭廷霆莛蜓渟楟停宁丁钉玎仃馨星腥醒惺娉俜灵棂醽龄铃苓伶零玲舲翎鸰瓴图聆听厅汀冥溟蓂螟铭瓶屏軿萍荧萤荥扃駉

葶骶町輁酃聍桯瞑瞑媜濴埫绹伶铤筵婷钘

下平十蒸

蒸丞承丞惩澄陵凌绫菱冰膺鹰应蝇绳渑乘升昇胜兴缯凭仍兢矜征凝称倗登灯僧增曾憎罾矰橧层曾嶒能棱朋鹏堋弘鞃肱薨腾藤縢恒絙脀塍崚鲮輘冯陾症䁂芀鬙磳噌瞢縢捴簦凌夌溯騋礽扔輘掤竑誊湠鄫鯪譝鱦

下平十一尤

尤邮优忧流斿旒留榴骝刘由油游猷悠攸牛修脩羞秋楸周州洲舟酬雠柔俦畴筹稠丘抽湫遒收鸠不驺愁休囚辀求裘球仇浮谋牟眸矛侯猴喉讴讴鸥瓯楼娄陬偷头投沟钩輶幽虬彪疣訄穋绸夊鹿嚘遛飀浏鹠镠瘤鞧鹜楱蝣犹莸輶啾犨茜赒售蹂揉捄搜叟廋溲邹貅庥咻泅篘紬犨掬瘳裯帱儵鸼逑逑捄觩俅贼蜉桴罜斔蛑篌糇锼欧腢慺楼嫠彄媮敂裒閜髏蝼鍪兜句妯惆蔲篘抔呦绹呕偷缪诹䎗蔖偻枹艘䱙掫珜烰篓蒌鄾鵃捯朕尰辀彡楢樛扰尢庼鍒輮涑调鸼椒诌惆龟瀑区緅骰俻顄芁苬潋䍀璆蟉

下平十二侵

侵寻浔霖林临箴针斟沉碪深淫心琴禽擒钦衾吟

今襟金音阴岑簪骎琳琛谌忱壬任纴蝉黔崟愔歆禁喑
瘖森参蓡涔芩煁淋郴馯妊檎紟椮綅祲湛綝霖鬵濸嶔
鐔蔘霪

下平十三覃

覃潭谭驔昙参南男谙庵含涵函岚蚕骖探篸贪湛
眈龛堪戡拿谈惔甘三酣蓝柑惭聃耽坩篮錟担啥泔邯
醰蛶儋盫鬖俗蚶憨罱鐔郯渰痰婪薝潯闇庵颔魁萳酖
襤韽媕瓹橝倓澹蟫鐕醰馣

下平十四盐

盐檐廉簾嫌严髯谦佥纤签瞻蟾添兼缣沾潜阎镰
黏淹箝甜恬拈砭铦暹詹渐襜奸黔铃悇兼阽蕲鹣占觇
挦磏菈佥蒹襝詀簽鍼柟淹阉腌燖鬵濸鰜猒佔尖帘沾
炎阽幨瀸髯活枂噞幨

下平十五咸

杉咸馅喃喦㜴瑊掺缄緘尴毚儳鹹攙黯逡馋鑱函
衔岩帆衫监凡櫼巉芟嵌劖嵒掆麕械詀彡严飌枂縿

上 声

上声一董

孔汞侗动桶硐琫莑董滃葐澒总懵拢蠓笼空嗅洞

挏玤懂塎齸啧

上声二肿

冗甬奉俑勇拱重冢恐悚涌栱珙捧窏爧竦肿蛹种踊巩拥踵氄㚇壵宠陇壅茸恿菶汹蛬溶恟駷駧輁

上声三讲

讲港棒蚌项耩玤傋耩

上声四纸

纸只咫諟是轵枳砥抵氏靡彼毁燬委诡傀瀡妓绮掎觜此泚橪豸褫徙屣葸髀尔迩弭弥婢庳侈弛豕紫捶棰揣企旨指视美眥否咒几姊匕比妣轨水齮唯止市恃征喜已纪跪技蚁迤酏彼簃晷匦宄子梓矢洧鲔雉死履垒诔揆沚咫芷以巳苡似耛汜姒祀史使驶耳珥駬里理裹李俚鲤起畤仕士俟涘趾芑始阤痔峙矣齿拟耻祉滓第胏鸐舣锜芞玼廌臬垝癸巇醴纚逦鞴敉姼哆机冘縰㯮圮㾝庤儗坻褆旎巇址悝娌嶉壝剞屺匦陁踦仳倚謑籽秭秕被痏跂訾花玺址菌遠岂

上声五尾

尾鬼苇卉扆虺几亹伟匪篚颀炜豨螘韎朏斐诽菲悱棐虮榧岂俙晞匪玮蜚韣晞

上声六语

语圄圉御敔敌吕侣旅膂苎纻抒宁杼伫苧与予渚煮汝茹暑鼠黍杵处贮褚湑糈稰谞籹女许拒距炬虡锯柜苣所楮础楚阻沮举筥叙序绪蓣屿墅衙峿袽癙著巨岠讵駏镢滁咀趄苴榉纾榘鱮潊去俎苢柢醑醑篨

上声七麌

麌雨羽禹宇舞父府鼓虎古股羖贾蛊土吐谱圃庾户树麈煦貐琥怙蒟仵咻篓卤谞弩跗罟肚醹楀嵝妩沪枸邬鄅嘑膴组乳弩补鲁橹髗睹竖腐卤数簿姥普诩拊侮五庑斧聚午伍缕部柱矩武脯苦取抚浦主杜邬祖堵祜扈雇庼父甫黼莆鲋腑俯怃簠膴估诂盬瞽牯酤俁瑀祤煦怒媻椻浒庥拄剖鹉岵溥笞赌愈籔伛偻蒌莽滏

上声八荠

荠礼体米启醴陛洗邸底诋抵柢柢坻弟悌递涕济蠡澧欐鳢沵䋆㮆髀衤禰溪媞鱀癠眯弥醍缇

上声九蟹

蟹解骇买洒楷獬廌澥駴奶锴摆罢枴矮騃伙

上声十贿

贿悔改绥采彩海在醅载餒铠恺待怠殆倍猥隗嵬嶵瘣碨蓓瘣偣碨欈䅶蓓诒给鼐颡骀欸塏颒庪汇潅璀

每亥乃馁痪魂

上声十一轸

轸敏允引尹尽忍准隼笋盾楯闵悯泯菌箘蚓靷纼诊眕眹疹紾哂肾脤膞牝赈窘廛陨殒惷蠢紧狁缜袗踬纯偆螴霣憖簨吮稹困黾嶙

上声十二吻

吻抆粉悗薀愤隐谨近忿槿堇扮弅坟刎听刎

上声十三阮

阮远本反晚苑返阪损饭偃堰衮遯稳蹇巘婉菀腕跪宛畹蜿阃捆悃壶鲧鳟很恳畚圈盾刌绻鄢混沌鳏鰋螁庑噂娩咺烜焜琬幰撙辊绲

上声十四旱

旱暖管满短馆缓盥款懒伞卵散伴诞灒瓒断笴侃算缵曘蜑但趸坦袒亶秆爦粄悍澸纂罋悥脘痯

上声十五潸

潸眼简版产限睅撰栈绾孿赧懽浐嵼僝柬拣莞皈蛃阪琖醆睆僩棬弗孱

上声十六铣

铣善遣浅典转衍犬选冕辇免展茧辩辨篆勉翦卷显饯践晛喘藓嶰蹇謇演岘栈舛殄腨谳阐兖跣腆鲜

铉吭辫件笕琏蜒捻泫埋墡单畎褊愊艑蜓殄腼颥蚬偄沔涠缅跰键狝姎黾辗襧搴蜎晛睍悑洗齴髯戕燹筅癣狷葳剗譾钱趁俱鞿毟隽揃歁缱忍幨琢撰剸奭谝匾謱宴碥倓娈

上声十七筱

筱小表鸟了晓少扰绕遶娆绍杪秒沼眇矫蓼皦皎瞭朓篠杳窅窈嬲袅嫋裹穾挑掉湫肇嫖摽缥醥篡渺缈藐訬嫷漾骉悄愀皛缭憭麃夭佻燎旐兆駣趙鮡

上声十八巧

巧饱卯昴狡爪鲍挠搅绞拗茆佼姣炒泖猫铰筊瑶

上声十九皓

皓宝藻早枣老好道稻造恼脑岛倒祷捣抱讨考燥埽嫂槁潦保葆堡褓鸹草昊浩颢镐缫璪皁袄缲骉蚤澡薨灏鄗栲媪夭杲暠橑辒佬栳套璪媢葆涝燠惨

上声二十哿

哿笴火舸瑳觶哆柁沱我硪娜俹荷可坷轲左果裹蜾朵锁琐堕垛惰妥坐幺裸臝莋陂簸颇叵祸伙輠颗瘖鬈㛸那卵嫷猓娑胫埵椭隋陊峨閜揣砢娸

上声二十一马

马下者野雅瓦寡社写泻夏冶也鲊把贾假舍赭厦

舁檟若踝姐哆哑且瘕銙疋妊閜髁痄洒庌

上声二十二养

养痒鞅快泱像象橡仰朗桨敞昶氅枉迋颡强穰沆崵荡瀁惘牥放仿爼蠁两緉帑谠傥曩杖响掌党想榜爽广享丈仗幌晃漭莽褓磉缯纺蒋攘盎块欀漺脏苍长上网荡壤潒赏往仿罔鞤蟒魈吭梘滉灢蚢磉魍抢怳慌蚌厂慷犷壄曭樃蒡奘鲝

上声二十三梗

梗影景井领岭境警屏饼永骋逞颖颖顷整静省幸倖颈郢猛炳瘿杏丙郉打哽绠秉鲠耿璟憬莕纩并皿囧睍靓矿艋蜢黾怲窉蛃鲠冷靖榮惺裎睛

上声二十四迥

迥炯茗挺艇梃铤町颈醒酊溟嫇脡馨婷珽刭莛等鼎顶泂裂婞侹胫肯泞拯泽酩颖

上声二十五有

有酒首手口母后柳友妇斗狗久负厚叟走守绶右否丑受牖偶耦阜九后咎薮吼帚垢亩舅纽藕朽臼肘韭剖钮狃诱牡缶酉扣欧笱瓿黝篝蹂取掊耇莠酭苟糗某玖拇纣纠嗾罶杻卤椇枸塿忸浏郈赳蚪簌慸茆培滫醭揂嵝叩蒩撖蕕黈庮溇篓绺趣陡料羑楺鲰璓寿殴

上声二十六寝

寝饮锦品枕审甚廪饪衽禀葚沉凛懔噤浸稔脍谂
谂荏恁朕锓婶蹕

上声二十七感

感览槛胆澹憺噉坎憯敢颔闇襌黕撼毯纮荙憯歁
菡晻莟黪喊捬黲澉耽窞贛噉衴橄頷醰顉髧嵌

上声二十八琰

琰焰敛险俭检脸染掩点箪贬冉苒陕谄奄渐玷忝
剡漱芡闪歉慊潋梿谥俨魇厱贴

上声二十九豏

豏槛范减舰犯湛斩黯范舤掺阚喊脸巉滥范
鲶歉

去 声

去声一送

送梦凤洞众瓮弄贡冻痛促中讽恸空恫哄偬粽栋

去声二宋

宋重用颂诵统纵讼种综俸共供从缝葑壅雍封惷
恐瘲霁

去声三绛

绛降巷衖撞虹洚哄憧幢淙艟

去声四寘

寘置事地意志治思泪吏赐字义利器位戏至次累伪寺瑞智记异致备肆翠骑使试类弃饵媚鼻易辔坠醉议翅避笥粹侍谊帅厕寄睡忌贰萃穗二帔臂嗣吹遂恣四骥季刺驷柶泗识痣忲寐魅邃燧隧穟褖樲繶谥悖植炽织饲食积忮被芰懿觊悸冀暨懝洎墍概摡馈匮馈篑赞比庇屄痹悶诐泌秘鸷贽挚觯踬载渍迟祟珥示伺跂嗜自眦胔苊莉罳致轾譬篲嘒眙肄憓鳀忲绤劓鼼饎啻企晒勩膇盻为贲糒蜖呬刵餧膩施遗槌籭柲邲廕哆跂溳恚值堩柴弑出萎澌垝跂瞝䂺鄿橃缒蜼累廙其弛异谇屣锤佽肙施㡆㘴睢鹙憒司谇髲孳㝡壈甄㐹几近始咳术里德瑟陂跰䞗忥𠸄痢

去声五未

未味气贵费沸尉畏慰蔚魏纬胃渭汇谓讳卉毅溉既禨曁𣖄衣饩爔鬾忥忥欷塈诽芾痱痹螱翡蔚屝气

去声六御

御处去着虑誉署据驭曙助絮豫煮箸恕与籧疏庶预倨茹语踞锯怚沮洳滪饫淤醵除钁瘀𤯞㭲钁呿㤦恋

龃蓣如礜黌椐女讵欤楚嘘怵

去声七遇

遇路潞辂赂璐露鹭树度渡赋布步固痼锢素具数怒务雾骛附兔故顾雇句墓幕暮募注註澍驻炷胙阼裕误悟寤晤住戍库护護濩屡诉蠹妒惧趣娶铸傅付谕胯妪芋捕哺汗忤厝措错醋袝鲋仆赴恶户孺醋怖煦寓冱酤瓠输吐铺呼沍屦嗉塑跗斁捂簬瞿驱讣菟銤姁婺柘吁属作嬎酗雨霩犾镀耗涸傃圃庍饇尌足拊苦鋪蚹蒟咮呴妌擭赙

去声八霁

霁甑制计势世丽岁卫济第艺惠慧币桂滞际厉涕契毙弊帝敝蔽髻锐戾裔袂系祭隶闭逝缀翳制替砌细税例誓筮蕙偈诣砺励瘈噬继脆谛鹭系叡毳剂曳蒂睇憩彗睨坻醊贳霁穧柢汦枻埭褅芮掣氎蓟穄妻挤眦弟壿嘒邃蹳椕 挈题瘵禡睥砅筮嚏窸柄簪递遰愒猘鱖粞疠嬖蹶齐棣说虩曀离荔汭泥蜕赘俪揭帨哾薢泄殢娣滋咉薛㥜噎蛎羿谜憩嵬螇禊呭櫔槩箪畷缔柣轪釱鯢悷呋嘻淛揥切踶蠕蟪襼橞媂棲婿綟澨

去声九泰

泰会带外盖大濑赖籁蔡害最贝蔼霭沛艾兑柰奈

绘桧脍浍狯侩郐膾荟禬太忕汏欽轪癩粝旆霈瀎哕酹
蜕狈苂籟愒磕役翙眛壒艠

去声十卦

卦挂懈廨隘卖画派债怪坏诫戒界介芥械薤拜快
迈话败稗晒噫屇疥玠瀣湃嘥夬铩杀夬哙喝解祭萷蕒
繲絓稭犗价喟狤诖劢繣篑叞寨砦瘵齘呗嚖虿

去声十一队

队内塞爱辈佩代退载碎态背秡菜对废诲晦昧碍
戴贷配妹喙溃黛贲吠逮岱埭肺溉末慨忾块缋义碓赛
刈耐悖嗳倅晬淬敦愦阓铠硋頮焙在再咳宰郲琲痗苆
薉柿憝碾酹漼菱瑗镦眛俫襶裁硾擬采回頮焠栽悖北
拔縡薱劾阰脢采悔癈鼐眜胅锫类妃邶霉啐綷嬒袡珈
秣筏餯瀎袋玳闓概偞

去声十二震

震信印进润阵镇填刃顺慎鬓晋骏闰峻衅振舜吝
烬讯允仞轫殡傧迅瞚榇儭谆荩憖殣馑藺浚徇殉赈觐
畯馂摈葰珷酳仅轫认遴赆衬鬒瑾趁龀舜韧讱佞泛躏
蹸驎濬墐缙揗娠靷引瞚诊屒瑱疢亲揟袗汎赆磷廑瘽
俊鵕

去声十三问

问闻运晕韵训粪奋忿酝郡分素汶偾愠嫩靳近斤扢綄郓馎员缊墋抆隐蕰坋瀵熏捃窘煴缊韗皲蕰

去声十四愿

愿论怨恨万饭献健寸困顿遁建劝宪蔓券钝闷逊嫩贩愿混远巽㬢曼喷艮敦坌恩绻郾褪畹楦堰圈惛揾讠奔歛镎硍焌遁腯瑗键畈万挽

去声十五翰

翰岸汉难断乱叹幹观散畔旦算玩烂贯半案按炭汗赞讃漫冠灌爨窜幔粲灿璨换焕唤悍扞弹惮段看判叛腕涣奂绊惋藿钻缦煅旰闬瀚焊骭犴胖暵灡驲蒜罐瓘酁嗲衍泮逭祼灛墁汆㲉鸣䅘旴矸谩澜碫撺椽摊侃悹馆滩晏盥爟犴伞趱疸但罐鹳婠毵姅伴攒锻汗顸斓

去声十六谏

谏雁患涧间宦晏慢办盼孱鷃栈惯赝轏串苋绽幻讪屮绾骭缦嫚谩汕疝瓣薍擐簒铲襇虥栅锟扮襻瞷辗缦袒鷃雁

去声十七霰

霰殿面变箭战扇煽膳传见砚选院练炼讌燕宴鬈

贱电荐绢彦掾甸便眷线倦羡堰奠恋啭眩钏蒨倩卞汴弁拚忭咽片禅谴绚谚缘颤擅授媛瑗佃钿淀澱缮鄟狷冒睍煎旋瑱唁穿甗茜甝溅柬拣缠牵先劓衔袨炫昫善缮遣研嬿獧瞑汧塡琄洘桛蚬睍齾趼涎峦鄄莚倪撰鬋眄践衍楥辗转綪縓涀犍饯荐念畋靛嗔涑楝现燕咽县泫篾绽譔漩旋讄嬗单玔馔偼撰碾琄延涎蠉悁谝瑗媛媛媛褑锾眷串篑繎嫙邅抃

去声十八啸

啸笑照庙窍妙诏召劭邵要曜耀燿调钓吊叫鼰燎峤少僥眺诮料肖尿剽掉鹞枭藿噭轿窔覜噍烧疗醮漂醮铫骠鸟爝趒熛绕摽娆獟摇窲萋鹩颢哨约僄艞噭嬥褾俵趒爝莜跳嫽镣廖鞘帩俏峭剿饶獠彯票矘婌

去声十九效

效教貌校孝桡闹淖豹儤爆罩踔趠抝窖酵哮袎稍乐效较钞疱敲佼窋磽掉觉珓窔胶礉挍绞犦趵炮靸刨泡抓

去声二十号

号帽报导盗操噪譟奥隩告诰暴好到蹈劳傲耗眊耄躁涝漕造冒悼纛燥倒骜瑁媢翿缟燠澳恼嫪禀趠菢虣膏犒郜芼凿氉堁祷噢瀑帒燠靠糙耗媢懆韬套潦

附录：佩文诗韵

去声二十一箇

箇贺佐作逻坷轲驮大饿那些过和挫课堁唾播簸
锉莝磨座坐破卧货磋涴左刬惰瘅潘奈個呵呼蹉襃髁
颇摩侳剁蜕挼懦糯缚嶓

去声二十二祃

祃驾夜下谢榭罢夏暇霸灞嫁赦借藉炙蔗假化舍
价射骂稼架诈亚娅罅跨麝怕讶诧嘎糯迓蜡胯杷柘髂
妊赆弝泻砑靶乍桦杷塆坝卸喏鹧侘偌吓哑华话帟汉
呀笴厍权柽

去声二十三漾

漾上望相将状帐浪唱让旷壮放向仗畅量葬匠障
谤尚涨饷样藏舫访贶养酱嶂抗当酿亢况脏瘴王纩芒
谅亮妄怆刱丧怅两圹宕伉忘傍砀恙吭炀扬张阆胀行
广恨汤炕韔长刱迋桁緉蒹踼闶向顽醠仿掠妨搒旺迋
荡潢防怏偿宕盎仰灢馕挡傥装杖哴乡埌桄

去声二十四敬

敬命正令政性镜盛行圣咏姓庆映病柄郑劲竞净
竟孟迸聘净泳请倩禜硬清靓檠晟獍怲更横酱榜迎娉
夐轻并儆评邴证诇侦并侦盟绖䗈伥帧炳摒璥

去声二十五径

径定听胜磬应乘媵赠称罄邓甄胫莹证孕兴经宁醒廷锭庭颈饤钉艇暝滢烝剩腾凝嶝镫橙磴墱凳蹬堋泾陉到瞑订奠佞甸瞪凌蹭謦媵泞

去声二十六宥

宥候堠就授售寿秀宿奏绣富兽漏陋守狩昼寇茂懋旧胄冑宙袖褎岫柚覆复救廄臭幼佑祐右侑囿豆脰窦逗溜雷瘤霤留构遘媾觏菷购透瘦漱镂贸鹫走副狖诟糅酎究凑谬缪籀疚灸畜雊彀呕蔟骤鳌首皱绉戊句袤鼬僦瘦咮骬蹂姆沤姤廖腠蔟又鲎馏鹨辏逅蔻伏箙雎檙收狃嗾鍑犹饾后油鼐仆鞣後厚扣琇楱酘襦㲺镞吼偢輮绶读㦞桐輹飂輶鄩楙㕮偻呪肉嫭扣觳构嗽簌豆嘍耨灸糅锈鞴鬥族陆洓

去声二十七沁

沁饮禁任荫讖浸䘲譖鸩枕衽赁临渗暗揕维闯僸鵀妊喑紟吟寣深甚俕沉窨䊀恁妗荫酖镡蕈椮

去声二十八勘

勘暗滥啖担憾缆瞰璒憺绀阚三暂甄磡赣参淡澹憨瞷錾淦燣啥黕赣闇喑鸩僋撢探醰嵌暂赕睒䵯

去声二十九艳

艳剑念验赡店占敛厌滟燫潋垫欠椠窆僭酽坫噞砭餍噞猃殓苫黏掞痁盐沾兼念畲胁婑俺潜燫屦忝焰焱渐闪襜髥觇点玷磹

去声三十陷

陷鉴监泛梵帆忏儳蘸韽阚谗镵剑欠淹站銘赚谶嚫

入 声

入声一屋

屋木竹目服福禄谷熟谷肉族鹿腹菊陆轴逐牧伏宿读犊牍渎椟黩讟穀复粥肃育六缩哭幅斛戮仆畜蓄叔淑菽独卜馥沐速祝镞蹙筑穆睦啄覆鹜曲秃觳扑衄鬻燠澳辐瀑漉蔌恧洑鹏竺筑簇族暴掬籄濮鞫鞠菊郁蠹复箓蓿塾朴蹴煜谡碌璓盝踘醭髑毓舳柚蝠昱蓛辘朒惄跾楸莝凤蹢蝮彧楝枊匊氿觫鯿霂憀殨俶摵缪輹蠛蓼熇鷞潊槲縠剭蒨蓫囿楝奥蓄翟秡繴莒倏㦜槭莢湅睩礴䖿慮瘯偪頯副就擁

入声二沃

沃俗玉足曲粟烛属录箓辱狱绿毒局欲束鹄蜀促

触续督赎笃浴酷缛瞩躅褥旭蓐欲顼梏纛蠋歜裻溽瘵蹢挶韇勖醁渌逯騼誉牿襮廊鹄告鋈熇仆

入声三觉

觉角桷捔嚣珏较榷摧岳乐鹫浞濯穱斫妮朔数箾欶斫卓诼涿嚼倬琢峃棳剥趵爆驳骰邈督儿眊雹暑儳㿥縠璞朴樸疱壳确悫埆斠碻浊攫鹬镯棹鸑濯幄喔偓药捉渥搦踔逴荦学鸑魺

入声四质

质日笔出室实疾术一乙壹吉秩密率律逸佚失漆栗毕恤饲蜜橘溢瑟膝匹述栗黜跸弼七叱卒虱悉谧术轶诘帙戌佶柣昵窒必侄蛭泌镒秩苾蟀嫉唧篥通鹬筚鹭佾怵缟珌铋帅崒滵礩聿姞抶馺郅桎唑铚挃胵眣泆汹繘䠥苵絥璱獝魆尼圣柣蒺罼伲桎烽馳檖柲䔉鵊蘪蛣袥咥泹泹蓓騹渾拮

入声五物

物佛拂屈郁乞掘讫吃绂黻韨绋弗茀袚讪崛勿熨欻厥汹仡釳迄汔怫艴刜不屹胇苅吻黢菀唪倔拨尉蔚

入声六月

月骨髪阙越谒没伐罚卒竭窟笏钺歇发突忽勃蹶鹘筏厥蕨掘阀讷殁粤悖兀碣猝樾羯汨汩窣咄㤖捽凸

渤黻蝎滑刖轧剾崒脂孛纥浡曷砣溷鷩核麰饽馘馞捐蠫柮柷捔撅鳜阕陒朹硨扤矻圠楬榾悖潡嗢泏堀胐椊扢拑犳猲愲艴曰堨讦钀

入声七曷

曷达末阔活脱夺褐割沫拔葛闼渴拨豁括抹秣遏挞萨掇喝跋魃獭撮怛阔剌栝筈钹泼輵軷茇頞越斡剢辥捋鞨鹖鹕髵喝鳜薱适搬撽袯鱍獦瀎佸萿犮夺笡鷞泼盻苋坲呾咄餲泬矾

入声八黠

黠札拔猾鹘八察杀刹轧鎋刖蛰黠劼蝎耻貀肭鸹戛秸嘎抐磍北攃蔎汃樧茁矹鱍楬瞎獭刮錣鶷帕妠擖刷鎞颉滑

入声九屑

屑节雪绝列烈结穴说血舌洁别缺热决铁灭折切拙裂悦辙决泄咽噎傑杰哲彻鳖设啮劣碣挈谲玦截窃缬蠘缀阅垤讦饕瞥撇苶蜹臬阑蹀昳臲锲叕抉挈冽挟楔鳖亵㡀襊绖蔑嵲陧捏渲醊茁竭契鳞讞岊疖瀎涅颉擷撒跌巇浙鷩潎趺𥉿篾葪撆澈蛭揭垤孑孽凸闭阕锊齺薛绁籸灖汃渫偈啜猲轶霓桀茶辍蓺晣迭歊低咥核惙呐洌㡀颰掇呋曒刟准槷拮蛞批橇絜觖

入声十药

药薄恶略作乐落阁鹤爵弱约脚雀幕洛壑索郭博错跃若缚酌托削铎灼凿郄络鹊诺度萼囊漠钥著虐掠获泊搏钥崿锷藿嚼杓勺簿酪谑廓绰霍烁镬莫锋铄缴谔鄂亳恪箔攫涸汋疟爝钀鹗龠袥郝髆屫骆膜粕镆饦霸妁潖泺跞拓蠖镈格昨柝酢臛醵择跞斫摸貉珞愕怍鞟柞垩筰彠膊鑮臄斫凿噱瘼爑箬蒻魄烙药堮焯擭郶謞熇厝噩咢泽袲磼矍硌各骲瞙曤踔芍姥躩踖踱沰靃劕懗眢鮥郱煰迮逴泽鹬槬矍瞩魱昔

入声十一陌

陌石客白泽伯宅席策碧籍格役帛戟璧驿麦额柏魄积夕液册尺隙逆画百辟赤易革脊获翮履适帻碛隔益栅窄虢核焉掷责惜僻癖辟掖腋释舶拍索择磔摘射绎怿斥奕弈帘迫疫译昔瘠赫炙谪虢腊箦硕蹟蜴螫藉翟襞嗌乿昔祏亦鬲擘踖貘诉骼胳只鲫珀齚借膈啧搤踯塴蜴帼掴蹹嬅峈斁绤席貊擘檗跖擿喊汐堦潃栻哑柞摭醳唶霖乍吓鄐蹩剌莫焉蕚襫蜠襗齰耤厝霸霹

入声十二锡

锡壁歷曆栎击绩勋笛敌滴镝檄激寂翟觋逖籴析溺觅摘狄荻鹢戚鏚感涤的菂吃甓霹沥雳苈惕裼踢剔

錫礫栎轹皪鬲汩汨耆适嫡靮阅焱鶋蹢觋郦踧薂淅蜥
籥吊霓鹇澼趡獝偈觳怒塛臭殈敽駒槍艦

入声十三职

职国德食蚀色力翼墨极息直得北黑侧饰贼刻则
塞式轼域殖植敕饬棘惑默织匿亿臆忆特勒劾慝贷仄
稷识逼克剋蟘唧即拭弋陟测冒翊抑恻扐淢肋亟殛忒
湜緎棫减罭燠崱螣萴鷔阈巀欆繶䩙洫踣熄实啬穑埴
菔葍鈛芅馌塛㝱牪悥轊鰂繶檍防腷淐榅艳䜮檍幅
杙愊副仂或蠁愎醷翊伷栻聖稄盡意

入声十四缉

缉辑戢立集邑急入泣湿习给十拾什龙及级粒揖
汁笈蛰笠执隰汲吸唈絷葺褶濈苙伋岌翕歙濈襲浥熠
榅瀹霅悒卄挹舅岌钑蕺靸

入声十五合

合塔答纳榻閤杂腊蜡匝阖蛤衲沓榼鸽踏飒拓拉
沓搭韐溘盍欱韂唈靸鈒馺跲閘諮軜溘嗑荅姶渣鞈噈
卅嗒磕

入声十六叶

叶帖贴牒接猎妾蝶迭箧涉鬣捷颊楫摄蹑谍堞协
侠荚晔厌愜䫻睫浹笈愶慴蹀挟铗屟喋箑褶錜㞕楪皣

烨謍折裛譄鎑跕歙霅魇裌蹥艓擸踺緁蕫謟捻躞荼㦗鰈溭祋婕聂峡椄菨犗偮鲮霎崅

入声十七洽

洽狭峡硖法甲业郏匣压鸭乏怯劫胁憵插锸歃押狎夹袷帢翣掐萐喋袷恰眨呷胛葿筪柙郏鵊霅霎扱喋札摖跲嚃欱唈圔渫钾韐